LOS CUENTOS DEL TRAZADOR

JESÚS ROJAS OVIEDO

El autor nacido en Colombia en 1963 ha consagrado su vida a la exploracion de su país y sus gentes, y a la producción creativa. Escritor, director y productor de cine, audiovisuales y teatro, fotógrafo.

Tras muchos años sin publicar nos permite dar a la luz esta colección de relatos escritos en su juventud. Aunque renuente a someter su obra a concursos, algunos de estos relatos han sido ganadores de reconocidos Concursos Nacionales e Internacionales de cuento.

Bienvenidos a una lectura apasionante y a la obra de un escritor con un lenguaje propio.

ISBN: 978-958-56737-0-0

Compilación por María Isabel Montoya de Rojas.
Diagramación por Santiago Rojas Montoya.

Primera edición 2018.

Phylo Editorial
Phylo SAS
Cr 8B # 106-45
Bogotá D.C.
Colombia
110111

www.phylo.co/editorial

ÍNDICE

Santiago Rojas Montoya

PRÓLOGO del Editor
:

Es un privilegio y un honor ser el responsable de la presentación de esta obra que reúne el trabajo fragmentado realizado en el transcurso de aproximadamente treinta años.

El autor originalmente crea estos doce cuentos en momentos de su juventud desde el año 1983 a 1991. La compiladora realiza su labor de transcripción y recopilación años después. El editor adapta y configura estos doce cuentos como se presenta en esta edición, décadas después.

Doce cuentos que reflejan las tremulaciones de la mente de un hombre joven con una experiencia vital desbordante. Doce cuentos que vibran al son de la urbe y del campo latinoamericano, narrando sus momentos, sus espacios y sus personajes.

Doce cuentos que hablan a través del tiempo con palabras de una verdad atemporal, palabras foráneas y familiares a la vez para un lector contemporáneo.

Historias que se entrelazan por el poder incontenible de una narración frenética, que no sólo evoca sino impone en la mente del lector un imaginario visual y sensorial cautivante.

Es esta explosión de los sentidos el que hace tan única a esta obra, resaltando las cualidades de un autor contundente que escribe sin hacer apología a ningún otro ente que a la historia en sí misma.

El lenguaje es propio del autor, el cual rechaza escuelas y doctrinas para crear algo auténtico, genuino y enteramente suyo, producto de la interacción enérgica con su entorno.

"Literatura latinoamericana contemporánea" se limitaría a definir su ubicación temporal y geográfica dentro de la creación literaria universal. Es una categoría carente de cualquier significado adicional ya que el principal puente entre el autor y otros escritores del continente es precisamente la experiencia vital de la tierra y sus gentes que han impactado tanto su imaginación.

Fuera de este factor en común con otros autores latinoamericanos, comparte la originalidad producto del rechazo de una escuela o la otra, de este estilo o aquel y de la lejanía del intento de emular a otros.

Su voz es claramente su voz, un vehículo hacia su psiquis, un territorio profundamente exaltado sensorialmente que cautiva a todo aquel que sea invitado a explorarlo.

Esta obra, es apenas el asomo de una actividad creativa desbordante de un verdadero creador, el cual ha retado todo límite de medio, formato, lenguaje y restricción para dar rienda suelta a su imaginación.

Los momentos extraordinarios que narra el autor se despliegan en espacios cotidianos para sus habitantes pero sorprendentes para el lector. Comprender las realidades del campo, de la urbe, del laboratorio y del hogar, del comercio y de la intimidad, son posibles a través del lente del autor.

No sólo se explora la topografía de la tierra y el concreto, también se recorre el panorama de la mente, repleta al borde de deseos, de ansias y de lamentos, de oportunidades y de retos, de dolores y de placeres.

La honestidad intelectual resuena con las fibras más internas de nuestro ser.

Bienvenidos a este territorio literario nuevo por explorar.

Bienvenidos a esta obra, que habla a través del tiempo.

Bienvenidos a esta experiencia esperando a ser vivida.

Santiago Rojas Montoya
16 de julio de 2018
Bogotá D.C.
Colombia

* * *

LOS CUENTOS DEL TRAZADOR

JESÚS ROJAS OVIEDO

Phylo Editorial
Bogotá D.C.
Colombia

A mi esposa, María Isabel

MORDIDA
:

Lavalle es potreros en ladera pendiente declinando desde
las nubes por lado y lado hasta el cauce seco de una micro-
cuenca estrecha, ganado, pito[1], serpientes, rocas desperdi-
gadas como tetas enormes de la Tierra, pocos habitantes,
con sombreros de paja, ropas color mugre y manchas cafés
de plátano y rastrojo conseguidas en las cejas de monte de
las orillas de los predios, unos con botas de caucho hasta la
canilla y otros con alpargatas cuando el calor no es sopor-
table al sancochar los callos.

Ente Uno había salido esta mañana de la casa de
paredes de tabla nativa y techo de palma, igual a las veinte
dispersas por la región limitada por el alcance de la vista,
acompañado de Cuscús el perro, a aporrear los potreros de
la parte alta que se estaban tragando el mosquero[2] y la uña
de gato[3], a quemar lo que había cortado ayer y a templar
unos alambres que estaban sueltos entre los postes venci-
dos por los ácidos de la tierra y sus humores asoleados. Le
había encargado a su mujer la desgranada de las mazor-
cas que había recogido para la mazamorra y las gallinas,
a su suegra que le mandara con los dos hijos pequeños el

---

1 Pito: zancudo causante de leshmaniasis. (N. de A.)
2 Mosquero: maleza. (N. de A.)
3 Uña de gato: maleza. (N. de A.)

almuerzo a las once para no perder tiempo en venidas e
ideras y al abuelo que no se largara para la quebrada seca
para que no lo picaran los pitos ni le hicieran llagas.

Clavé la estaca en la abscisa cien, tomé su nivel y
enjuagué mi frente horizontalizando los ojos hacia un sol
flotando entre los cúmulos a las ocho. Un poco más abajo,
descubrí al Ente Uno llegando con el timbo del guarapo
amarrado por la cogedera a la cabuya de la cintura, el ma-
chete y la rula entre la vaina junto al garabato para halar el
monte espinoso en el hombro derecho, coloreado de mugre
de la cintura para abajo y del azul intenso de las seis de las
tardes de verano el resto. Junto a él y buscando siempre la
sombra del amo, Cuscús.

El llamado del cadenero, pidiendo que le leyera los
hilos de la mira metálica, hizo que me desentendiera de
Ente Uno. Anoté los hilos y el ángulo barrido referencia-
do a la estación anterior de armada del teodolito; le gri-
té que cuidara el desnivel necesario para garantizar que
la gravedad bajara el agua cuando se instalara la tubería.
Consecutivo llamó nuestra atención el aullido repetido del
perro. Ente Uno voleaba su rula furioso y asustado contra
la maleza, vociferando qué le había picado esa desgraciada,
esa diabla, esa mapaná. Los encargados de nuestra trocha,
hombres de lavalle, aclararon nuestra sorpresa: "Lo picó la
mugrosa; que el aserrador se vaya a sacar las tablas que esta
noche hay muerto".

1.988 desfila por noviembre a mediados de mes,
"cuando el sol es inclemente y las diablas se la pasan con el
cuero que arrastran, a la resolana en las mediasombras del
rastrojo y el pastizal y, mayor cuidado hay que tener, hay
que meter candela en los potreros y no aporrearlos, cargar-
se con las cabezas de ajos machos los bolsillos de atrás de
los pantalones para que apeste a diablos y las condenadas
que lo que tienen es olfato, se espanten", nos había dicho el

abuelo ayer en la casa de Ente Uno, que era el lugar donde posábamos, mirando el resplandor de la noche eléctrica que en la Gran Ciudad sobre las montañas más allá y más altas que las que aquí encierran, tan cercano a los ojos que, de querer creerlo, bastaría estirar el brazo con la mano abierta y estarían iluminadas las puntas de los dedos.

Los trocheros parecían volar corriendo cuesta abajo, cruzando apresurados las grandes piedras lisas del cauce seco y subiendo en diagonales sucesivas la cuesta de la ladera de enfrente. Tomaron a Ente Uno por los sobacos y lo recostaron contra una roca luego de haber hecho el limpio para que cupiera. El hermano menor del aserrador le cortó en la parte posterior inferior de la canilla -unos diez centímetros arriba del carcañal- para causar la sangría; pero nadie se atrevía a succionar por temor al veneno que se podría filtrar por los rotos de las muelas. Cortaron varas del monte que estaba cerca, atravesaron bejucos amarrados a las dos paralelas formando un guando[4], lo acostaron encima, le dejaron colgando la pierna para que no se le subiera la saliva mala del bicho y se lo llevaron dejando rastros por el camino medio tapado de los potreros. Cuscús lloraba y se sobaba con su patas el hocico y se movía tras ellos dando tumbos a los lados.

Dos de los hombres se devolvieron. Les pregunté por el antiofídico, no había modos que lo tuvieran, me dijeron y, durante el resto de día seguimos trazando, confiados en la rezada a la mordedura de culebra en la que, habían dicho, el abuelo era experto.

Al caer la tarde, a la hora en que el cielo se pone del color de la camisa que tenía Ente Uno ese día, guardamos herramientas y sedientos y enguarapados y cansados y sudorosos, emprendimos el regreso.

Ente Uno estaba horizontal en su cama, vivo aún,

---

4 Guando: camilla portátil. (N. de A.)

reseco, demacrado. Había arrojado todo lo que era posible botar de su interior y se le veía quieto. En la cabecera de la cama, un par de velas a cada lado; igual a los pies. Afuera de la casa, en la explanación de polvo del patio, las mujeres venidas de todas las casas, rodeados por sus niños, tenían en las bocas y en las manos los rosarios. Contra una de las paredes de la casa, el cajón rústico, oloroso aún a madera recién cortada y cepillada y parado como los hombres silenciosos.

El abuelo permanecía de pie, apoyado sobre uno de los brazos contra la pared de atrás de la cocina, con la cabeza gacha y el sombrero calado hasta las cejas. Y Cuscús a sus pies, inflamada la trompa, sobre el piso, envenenado, echado sobre sus patas y cola, gimiendo de a pocos. Cambiará de pelo y andará con la cabeza grande.

Aquí vamos. Son las tres de la mañana y llueve a mangueradas. Bajamos muy despacio por el camino al cementerio que está en Mata de Ramo, el caserío más cercano, a cuatro horas a caballo y a donde se sale cuando escasea el arroz, la pimienta, las velas y la sal o cuando hay muerto. El sendero llega al cauce seco ahora mojado y más liso, y lo cruza a cada rato hasta llegar al río. La mula que lleva el cajón con Ente Uno adentro nos guía y resbala en el barro de trecho en trecho pero no se cae. Por momentos es tan inclinado el paso, que uno queda acostado boca arriba sobre la bestia haciendo del anca una almohada dura. Llueve y llueve. Agarrados con sus manitas fuertes a las colas de las bestias que montan el abuelo y la mujer de Ente Uno, van sus hijos. Sólo habrán de estar en las ancas de las dos bestias cuando su madre descubra al amanecer, que van caminando dormidos y tumbeándose contra el mundo. A Mata de Ramo también se sale a jugar los gallos en junio durante las fiestas patronales y, los muchachos se meten el viaje cuándo Semana Santa cae en marzo. Pero en Mata de Ramo, ni en el caserío siguiente que dista otro tanto, se consiguen contras para las mordeduras de serpiente. Y más allá no hay pueblos.

Llueve y llueve. Comenzó así cuando por fin murió Ente Uno. El aguacero se contuvo hasta que quedó clavado el cajón; luego se dejó venir y no parará hasta que la semilla que fue, vuelva a la tierra. "En esta época de año no debería llover"; -oigo decir- pero, "el agua fue hecha para lavar los pecados de los que nacen y de los que mueren".

"Al muerto era que le tocaba", me dice el aserrador que viene en la potranca baya. Llegar hasta donde tienen la contra para el veneno, hubiera implicado caminar cinco horas a Guayabales por el camino opuesto al que ahora hacemos; de ahí subir hasta la Base abandonada del Ejército, bajar al río Negro y rogar que la voladora llegara en ese momento agua arriba desde Puerto Libre, obligar al lanchero a descargar rápido y ayudarle -irían seis horas-, bajar entre los saltos y los meandros al río Madre -ya irían ocho horas-, esperar que en el puerto hubiera alguna línea retrasada en jueves -las líneas solo viajan los sábados en tiempo corriente y los miércoles cuando hay subienda pero subienda no hubo este año-. A veces se quedan varadas y logran largarse el jueves; y si se hiciera el milagro, cuatro horas más por carretera destapada, desbaratando al mordido, paralelo al río entre los mosquitos y los potreros espinosos y engarrapatados -ya serían doce horas y de todos modos ya estaría muerto-. Sin contar que no hay con que pagar. Por aquí son escasos los pesos.

"Al muerto era que le tocaba", asiente el abuelo, "porque a los que les toca, no les valen mis rezos".

Comienza a clarear y entre la lluvia empiezan a verse escurrir por los taludes, riachuelillos casi verticales que, por veloces, no alcanza a beberse la tierra y que se han escuchado bajar todo el tiempo mientras ha estado oscuro.

Es duro el ascenso. El río se ve pequeñito abajo en contraste al ruido de taladro que va haciendo. Al coronar la ladera estaremos en el cementerio y el Ente Uno habrá sido enterrado sin aspavientos ni cura. Se comprarán las velas para el novenario en Lavalle y será la vuelta.

En este momento, el abuelo y la viuda, halados por los bracitos, levantan dormidos a los dos niños y los colocan en ancas. Les dará brega abrir sus manitas aferradas a las colas de las bestias todo el trayecto.

Jesús Rojas Oviedo
Enero 16 de 1.991, Bogotá.

LA CAÍDA

:

Acabamos por fin de salir del cinema -detrás del río humano que asiste a las buenas películas- una hora antes de la medianoche. La calle oscura. Las luces de los pisos altos -algunas pocas aún encendidas- no alcanzan a iluminar los niveles bajos, ni los andenes, ni la calzada de asfalto. Estoy contento; tengo mi brazo encima de sus hombros, el calor del de Ella agarrado a mi cintura y sus labios enrojecidos de tanto beso.

Por la acera viene una amiga, saluda y me besa en la mejilla; inquiere cómo estoy sin dirigirse a Ella; se despide de prisa, repite la caricia y la veo irse hermosa, entera, nueva y entre las sombras, sola.

Y ya no tengo mi brazo donde lo posaba ni el de Ella calentando mis riñones. Está hecha una bola de ira y se hincha el corazón de sangre dolorida y la razón de sinrazones por quererla.

Saco el carro del hueco negro donde se paga para que lo cuiden. Se sube a mi lado, cierra de mala gana, la siento a miles de kilómetros, arranco, se hace todo un himno a la ofensa, me concentro en la vía adelante por varias calles, se hace el silencio un instante y se rompe al golpear la puerta contra la cabina. Miro enseguida y no está. Freno. Todo es oscuro excepto el frente del campero. Observo hacia atrás y veo un cuerpo en convulsiones en mitad de la avenida. Hay un policía en una moto conversando con una copera en el carril opuesto. Grito el nombre de Ella como loco, pareciera que nadie me escucha. Me apeo, me acuerdo de frenar con la emergencia, corro veinte metros, la recojo, está sangrando, brilla en el piso un diente, extraño la vaporosidad de ese cuerpo en la entrega apasionada, logro subirla, casi no cabe, consigo que entren sus pies y boto un zapato, me acomodo frente al timón, ubico su cabeza sobre mi regazo, estoy manchado, Ella en shock me está amando, el policía no se dió cuenta de la caída, le tiene las manos encima a la mujer, retiro el freno de mano y arranco. Y a conciencia dejo en el lugar el diente.

En el hospital, rasgaron su blusa pantalón enterizo blanco, robaron el lazo de oro que yo le había regalado la mañana siguiente a nuestra primera noche de amor a hurtadillas, casi la ahogaron al encajarla en la tina para lavarle las heridas y la sangre seca, la salve de que la dejaran calva para curar un raspón que se había hecho en la base del cráneo, le vi hervir la piel viva con la solución café que le untaban, dejé el anillo que le había regalado como prenda por el valor de la cuenta y, alzada, totalmente semidesnuda, la llevé hasta el carro en brazos en tanto escurría de sus ojos sobre mi hombro y de ahí hasta abajo su quejido en trance, mientras deliraba amarme y, luego a su casa, donde vivía con su madre y su hermana y Carlitos, el perro pequinés que parecía un trapo para el polvo de los muebles de la sala.

Llego a la casa. Ella ha dejado de llorar y parece estar despertando. Tengo el cuero cabelludo yerto y mojada la espalda. Coloco el freno de mano, apago el motor y las luces, me bajo y por delante llego a la puerta del lado del pasajero. Abro, me mira de modo lánguido y lloroso, le ofrece a mi cuello sus brazos y a mis labios los suyos. En un esfuerzo supremo, que capto en las palmas de mis manos que apenas tocan su espalda y en sus senos gelatinas firmes arribando a mis pectorales, me escupe en los labios.

Y estoy temeroso de lo que creerán ellas que ocurrió. En la mirada de Ella hay odio hacia mí. Pero les cuenta que la atropelló una moto que se subió al andén en el momento que yo sacaba el carro del parqueadero. Y me alivio. Subo la escalera y la deposito en su cama sencilla en el cuarto que comparte con la hermana que es menor y más bella y que siendo casi una niña me describe con ternura y deseo en su diario rosado de florecitas lilas en la pasta. La dejo descubierta sobre la manta de hilo blanca, no vaya a lastimarse las heridas, de medio lado sobre su derecha mirándome cuando voy cayendo sobre la cama contigua, muerto de sed, sudoroso y aterrado mientras su hermana me reclama por postrarme ahí al tiempo que me voy durmiendo con el resplandor encendido de la bombilla casi a las tres de la madrugada.

Experimento un brusco despertar a las cinco. El cuarto está invadido por la penumbra azul de metileno de esta hora de preludio al sol y los llamados quedos que me hace. En la ampolla de cristal eléctrica ya no hay llama y la puerta está cerrada. Y a través del vidrio de la ventana empotrada en el centro de la pared a la cabecera de las dos camas paralelas, se cuelan el frío y el canto de los gallos de los solares pequeños y vecinos. Con las carnosidades internas resecas y adoloridas, me acerco y le pregunto qué quiere, me contesta que ha estado mirándome estas dos horas, me atrae sobre Ella, descubro que entre su hermana y su madre le vistieron una batola liviana para que no la lastime y la dejaron sin ropa interior para ningún caucho le talle; como no pudieron cargarme ni despertarme, me dejaron en su cuarto al considerar que conmigo desmayado y Ella herida no era peligroso dejarnos juntos; Ella me besa toda la cara con sus labios tan deseados ahora hinchados, me acaricia, me afloja la correa y la cremallera y navegando en la más infinita suavidad e intentando lactarme -Ella que no ha sido madre- me toma. Feliz, sin entender nada y posterior a un último mueco y bendito beso he de ocupar nuevamente mi lugar en el lecho vecino dormiré inconsciente hasta la noche.

:

… Me hace abrir los ojos la madre removiéndome con fuerza y la luz artificial del foco arriba de mí, me lacera. Me siento y estoy aturdido. Cuando me fuerza tomar el caldo que ha traído, el estómago lo rechaza y corro al baño con la náusea, pero no hay nada que evacuar. Regreso al cuarto a decirles que me voy a ir, que estoy apenado por estar allí molestando, al tiempo que me calzo las botas, siento a la madre abrazarme por los hombros, acostarme de nuevo donde he dormido estas horas, preguntarme por qué estoy tan pálido, por qué tan aguados mis ojos, por qué tan tieso el cuerpo, descubrirme los pies para que descanse, cubrirme con una colcha de retazos y una de colores y con su mano en el pelo. Giro buscando el rostro de Ella y encuentro metal acerado y filoso en sus ojos y encendidos e hiriente sus labios tensos.

… A la madrugada está lloviendo y relampaguea seguido. Las gotas parecen traspasar el vidrio cuando se ilumina de blanco y azul afuera. No he podido dormir y he mantenido hasta ahora los ojos cerrados escuchándola respirar y musitar quejidos vagos. No he acertado hilvanar algún pensamiento, ni ser lógico a pesar de preciarme de serlo y, sólo en este momento, me atrevo por fin a mirarla. Está observándome y son sus cristalinos dos espejos lanzallamas que se nutren de los relámpagos, acomodada en posición fetal, chupándose el dedo gordo de la mano izquierda. Aprieto los párpados y se escurre la humedad por primera vez desde la infancia, cuando la furiosa correa de mi padre lo provocó al descubrir, por mi hermana menor, que había sido yo quien le había colocado los ramos de espina verde de naranjo en la cama, la noche anterior a la empleada doméstica, como venganza a sus chantajes de hacerme zurrar tras haberme ésta encontrado fumando las colillas del cenicero a escondidas en el baño. Minutos enseguida me llama suave y firme. Me acerco a sus brazos extendidos, éstos me atrapan y de nuevo toda ella, incluídas sus piernas laceradas; pregunto y me contesta que se siente mejor, que el cuerpo le duele menos que anoche; pregunto y me contesta que así le gusta, que así, que así y es una enredadera en injerto junto a mi; confieso que me siento mejor allí de lo que me sentía de niño antes de dormirme en el regazo de mi madre, en la mecedora, bajo el hechizo de su canto a las ocho.

Me separo de Ella, está clareando y estamos sudorosos; le digo que debo ir a trabajar. Estoy mareado, cada vez más sediento, Carlitos ladra abajo al periódico que han tirado por debajo de la puerta de entrada, y al levantar mis ojos de mi bragueta ajustada hacia ella, está llorando, musitando que es sólo mía, que por lo mismo soy sólo suyo, que nadie me puede tocar, ni besar, que nadie debería mirarme, que le jure que no dejaré que nadie me toque me bese me mire me hable me olfatee me saboree me lave la ropa; y yo le contesto que sí, que soy sólo de Ella. Me pide un beso, me inclino y desde sus veinte años de finales del siglo veinte me persigna. La acaricio y salgo acunado en el tambaleo, anticipándole el silencio a los pasos.

Abajo en la sala, acaricio el perro, recojo la prensa y la dejo sobre la mesita auxiliar al lado del sillón del estar, voy hacia la puerta, la abro, salgo, la cierro, empujo la del antejardín, la ajusto, estoy en el andén sintiendo el viento fresco y empapado; dentro del carro quito el cambio sin prenderlo, lo dejo rodar por el declive de la calle, abro el interruptor de encendido, bajo la palanca a segunda al llegar a la esquina y acelero.

La dueña de la habitación donde vivo solo, me informa que me han estado buscando insistentemente los compañeros de trabajo. Hay problemas en el trazado de una vía que empalmó a otra principal debajo de su nivel cinco metros y la maquinaria está parada para que yo resuelva el problema causado por una de mis comisiones. No tardo en ducharme y cambiarme la ropa y voy ya en camino. He de demorarme varios días arreglando las cargas, aguantando protestas por el lucro cesante causado a los contratistas y no habré podido comunicarme con Ella a pesar que la tengo presente en la retina todo el tiempo en su caída que me es imposible aceptar.

Una semana después vuelvo cansado pero vivo, con las mudas usadas en una tula café de lona y el cuerpo lleno de picaduras de garrapatas y mosquitos, cumpliendo con la solicitud que me hiciera de que nadie lavara mi ropa sucia. Timbro en su casa varias veces y reina la quietud adentro como si nadie habitara. Insisto y al cabo de un rato se asoma la madre, colocando su cuerpo frágil y maduro a llenar el vano, preguntándome pálida, furiosa y con calma por qué le boté a la hija del carro; yo no lo hice, protesto, así no fue, Pero no logro convencerla mientras me toma con fuerza por el codo izquierdo, me saca de la verja, me sube con violencia en el carro, me amenaza con sus hijos que viven armados, que matan y comen del muerto cuando se enojan y, me echa.

Ella ha dicho que yo la arrojé a todos nuestros comunes amigos que han ido a visitarla al enterarse que está enferma. En la calle me hacen bromas impresionadas sobre lo que según Ella he hecho. Regreso al día siguiente y alcanzo a verla desde la acera a través del velo de la ventana del cuarto de la madre en el segundo piso. Le grito que baje y me abra y desaparece de allí indicando antes con movimientos enérgicos y rotundos de sus manos que me marche. Debo irme a otra obra por varios días y así lo hago.

Al regresar es viernes y de noche. Timbro muchas veces en su casa que se encuentra a oscuras. Solo Carlitos me contesta aullando. No hay nadie y así me lo confirma el vigilante que cuida la calle. Aturdido, parto en dirección a una discoteca donde el hombre del bar que me conoce bien, prepara mi granadina favorita con las tres gotas amargas justas y precisas y los dos limones tahitíes de igual tamaño y jugo. Bebo el refresco pensando en Ella, tratando de imaginarme dónde puede estar, sintiéndola en la sangre, en la nariz, en el tacto, cuando una fuerza misteriosa que aún no comprendo, me hace girar la cabeza hacia el fondo del umbroso establecimiento. A través del vapor y la música, la encuentro, abrazada en una danza de cuerpo a cuerpo en boca intensa a boca intensa, a un chelista de la orquesta sinfónica del Conservatorio amigo de ambos. Me levanto de la barra sonso, aturdido, como si estuviera borracho, siempre mirando hacia donde baila y me choco con sus ojos inexpresivos por encima del hombro de su pareja y de su brazo aferrado al cuello de éste. Al abandonar el lugar empujando la puerta de golpe que lo encierra, escucho dentro una copa romperse contra el piso y desgajarse un llanto estridente.

Al subirme al carro, silba cerca un cartucho disparado desde alguna de las sombras del garaje. Sereno y húmedo, enciendo, meto el cambio, acelero, seguro que encontraré quien me lave la ropa sucia, y a Ella no regresaré más.

Jesús Rojas Oviedo
Enero 10 de 1.991, Bogotá

LOS FRAGMENTOS DEL CASI TODO

:

Uno había nacido. Por estar destinado a ser como todos, el Ente Uno había tenido que nacer.

:

El Ente se despertó aquella mañana y supo que tenía entre sus manos la misma primera pregunta -"¿Qué hacer?"- de todas sus iguales mañanas.

Su aseo fue rápido. Igualmente veloz su salto a la calle entre edificios, polvo, casas, caras... Ágil, su búsqueda del muro para sentarse. Uno se sentó.

En los linderos de su espalda, el edificio ornamentado en mármol. Entre él, una pareja elegante agotando sus sudores de aromas finos en una hechura de amor sobre satines y pieles de ángel.

En la frontera de su nariz, una casucha de adobe. Entre el barro cocido, olores ácidos: Ellos, sudorosos, ojos brillantes, labios que se toman mutuos, anudados, la penumbra que huye con el rabo entre las piernas, saludados por el sol.

El Ente Uno elementalmente sabía que:

Otro día a sus espaldas pariría una madre fina;

y al frente daría a luz una hembra; y que eso importa.

El Ente ladeó los ojos y captó el instante en que un hombre alcanzó a una joven, la igualó. La chica dió de espaldas contra el muro. El hombre introdujo su otra mano entre los interiores de ella y enredó sus dedos entre el vello de su pubis:

El Ente ojeó como a la bruma hasta cuando el hombre escondió a la joven tras la estatua, asomó su cabeza la hizo girar trescientos sesenta grados y se refugió junto a la chica en su interior. Sus orejas se movieron captando los gemidos. Se acabaron los sonidos: "Es extraño tanto silencio entre la bulla de la calle al concluir un trozo de violencia". El hombre apareció con las manos sobre la braqueta del pantalón y detrás ella, acomodándose con las manos toda y el cabello. Ambos tomaron direcciones opuestas. -Yo veré mañana a la chica. La he visto reír y llorar. Me ha parecido cómplice. Será mamá. Aguarda-

:

Estoy entre la noche. El Ente Uno sentado en el muro desde la mañana hasta la noche. Al mirarme el espejo a mi derecha, se refleja su figura. Ente... Tanta gente..., entes.

:

Uno giró su cara para enfrentar el suceso de la vía. Pero no era nada nuevo: Trenzados, dos hombres cortos, gruesos, grasos: no viejos, no nuevos: dos pares de brazos, piernas, manos, pies; un par de panzas; dos cabezas; dos armas blancas.

A esa hora en la mañana, la gente pasa, trota.

:

El bar era toda claridad. Excepto el rincón de aquellas: las manos enlazadas en la nuca, las piernas abiertas, aguantando la respiración mientras que alguien la penetra a ritmo.

Resaltaba la mesa de billar. Debajo, los niños jugaban con sus tarros aplastando mugre. Perseguidos por algún ebrio, preferían el rincón oscuro de sus madres en labor, aquellas.

De pie, en la frontera entre la claridad y la oscuridad del bar, la mujer embarazada con un chiquillo entre los brazos sobre el vientre. " Qué le dirás del mundo a tu hijo cuando nazca -masculló Uno- y al que cargas ahora si se cría ". "Mentiras para que no sufran", le espetó la mujer, estrechando más aún a su hijo que lloraba: Uno por una vez se sonrojó. Por una vez más fumó, bebió, estuvo con ellas en el delicioso rincón, firmó vales, le pellizcó la novia a un cobarde que le sonrió, coqueteó con una que era uno. Y habló más de la cuenta:

"Nadie piensa": el Ente tiene ochenta años y me mira.

"No recuerdo como he venido": El Ente tiene veinte años. Está en el orinal cogiendo su miembro erguido.

"Tengo hijos, mujer; estarán preocupados": Uno tiene úlcera, nervios, caspa.

:

Uno de los dos cortos, gruesos peleadores liberó su mano armada de la presión de la mano del otro. Se echó hacia atrás tomando impulso…

La pareja elegante se desanudó entonces y desnudos, vieron la acción desde su palco entre mármol y cristales.

:

La niña y el niño entraron corriendo a la ciudad por la carretera que viene de la montaña entre la selva. Traían las manos unidas, dos pares de pies descalzos, ropa casi deshecha, un hablado torpe a media lengua. No traían más carga.

Al pasar frente a la tienda con su vitrina casi afuera, encima del que pasa, pidieron un pan sin tener dinero. "NO", les dijo el dueño; también ladró un perro. El vidrio se quebró bajo el golpe de sus manos, sacaron pan. Al verlos huir, el dueño los persiguió, se fijó en el humo que escapaba de sus pieles y a las calcomanías de guerra adheridas a sus ojos mirándolo. Recordó los titulares de prensa que hablaban de bombardeos y cabizbajo como todos los impotentes, regresó a su negocio a acariciar su perro y el polvo del estante.

El dueño soportó la imagen de algún chico con su brazo mutilado a la mitad -como una abierta flor roja erguida al viento-, atacándole desde el periódico mojado que había puesto en el suelo para recoger los vidrios rotos.

:

El mataganado rasgó la camisa, la piel, la panza del hombre y se hundió hasta el cabo. Enseguida, la misma mano que lo había sumergido entre la humedad del intestino, páncreas, hígado, ácidos, lo extrajo y apuñaleó una vez más; y otra vez. El herido corto, grueso, sudando, fué empujado de nariz a tierra por el graso, grueso, corto agresor...

La pareja elegante y desnuda, desaparecía ya de los cristales.

:

"En el café de la esquina no puede uno tomarse un tinto"

"Huele mucho a orines"

"Y además ese tipo empezando a sangrar".

:

El herido tocó tierra. Su aterrizaje sonó como un trueno. Y por su cara ladeada infinidad de quebraditas -como los riachuelillos de los sueños de niño que corrían, corrían y despertaba orinado en la cama- rodaron perláceas, brillantes, correntosas, a escala.

El agresor corría alejándose con el cuchillo en la mano.

Los dedos hacía rato se movían sobre las máquinas:

La de escribir iniciaba la impresión de la veintea-va cuartilla, la sumadora había calculado el primer millón, el reloj avanzaba, la de coser había unido muchas telas, el chofer captó y evacuó su primer recorrido, el teléfono sonando, el jefe pidió tinto ya dos veces, el subjefe agua, la secretaria trataba de olvidar que ese hombre déspota esta mañana había viajado por su piel horas antes…: Todo un maravilloso cuarto de máquinas.

El Ente miraba sin poder llegar a la costumbre: "Absurdo llave, absurdo".

Uno tomó aire por la boca. Le dolía el estómago y se sentía desgarrado: la sangre del herido en la calle, asomándose y con ella las primeras caras. Antes, el Ente Uno vió que no se detenía nadie y que estaban concentradas en su correr todas las máscaras. Uno alcanzó a sonreir.

Una ambulancia apareció rauda. Frenó en seco un instante. Miró el cuerpo. Tenía puesto su vestido blanco y aullaba como una histérica en el colmo de la desesperación. "¿Quién es?" "No sé…" "No es éste". Volvió a mirar el cuerpo, preguntó nuevamente "¿Quién es, qué le pasó?" y se respondió a sí misma "No, éste no es". Retiró su luz del grueso, graso roto y se fue saltando a cumplir con otro encargo. El ente herido abrió los ojos desde el suelo hasta que la sirena del carro dejó de escucharse. Y los entrecerró como un aro de hierro al deshacerse entre el fuego. Y por horas, muchas narices estuvieron oliendo y muchos ojos intentaron verle el vientre rasgado, rodeándolo…
:

Todo él, joven y sucio, bate el récord de los cien metros; ponle cuidado:

La carrera empieza. A cinco metros una señora pasea su busto cuajado y frondoso, le da de tomar aire a su nariz empolvada y presume de sus candongas de fantasía con incrustaciones de vidrio verde, tintineantes, engreídas. A cincuenta centímetros la señora sacude sus nalgas y mira hacia atrás. Pero es tarde. Y cuando se lleva las manos a las orejas se encuentra con que las tiene rotas y escurren sangre. Noventa y cinco metros adelante hay un joven sucio riéndose y exhibiendo los aretes colgando de sus dedos. Ocho segundos, ¿cierto? El vigilante lo ha visto todo pero la tortuga que lleva junto a sus pies está baja de forma y casi no corre.

:

El herido sigue allí tirado al vaivén de las horas. Su mano trata de detener todo lo que busca salida de su cuerpo por las rasgaduras. Cambian las caras a menudo y son idénticas a las de un velorio. Pesa cada hora que pasa. Y como los grandos de una mazorca deshaciéndose, pasan.

:

Interior. Semipenumbra. Frío. Tecleo de máquinas escribiendo. Dos hombres entumecidos, llenos de carnes flojas, gafas, dolor en la espalda y miedo.
"-Huele a quemado, ¿cierto?
- Huele.
-¿Qué se estará quemando?
-No importa. Aquí no es.
-Pero no demora en sonar el teléfono…
-Que llamen a los bomberos
-Sonará…
-Desconéctalo.
-Es la sangre del infeliz de abajo que apuñalearon esta mañana.
-¿No se lo han llevado?... No, no te asomes; si te ven te meterán en el enredo de las averiguaciones, levanta-

miento del cuerpo, ya sabes cómo es eso".

Oficina. Penumbra. Frío. Dos hombres constreñidos, las espaldas tiesas y curvas contra los espaldares de sus sillas, las gafas entre los dedos, en silencio, grises.

Afuera. Aire. Ritmo de final de día. El ente herido está adelgazando, perdiendo grasa y líquido y mucha sangre.

Un hombre niño hace puentes sobre la arena donde aún no hay agua. Hace un canal a través de un valle fabricado antes y pone a correr un río. Y sobre las aguas echan humo las chimeneas de su barcos de papel y sobre el puente de mando y a estribor ríen los pasajeros saludando.
Posee casco de constructor, cemento, tarros, carretillas, palas, poleas, manos. Y arma tuercas para agarrar las piezas sueltas de lo hecho: Los pisos sin subir de los edificios, la cabrilla de un carrito de juguete, que no se vaya a matar un muñequito… En un pequeño giro tiene el canto silencioso; fabrica anzuelos que pescan letras y sonidos.

Bajo tierra, saca cuerpos que brillan, gas, minerales. Entre su rostro oscuro, oscuro, oscuro, son el sol sus ojos.

En este mismo momento está paralizado junto al que está muriendo. En un instante estará pegando ladrillos, sacándole energía al caudal del río y, riendo.
:

Ha oscurecido. Estoy entre la inmensa sombra. La noche entró con el mismo olor con el que llegó anoche. Y a la oscuridad que le precedió le calcó hasta el sabor. Los sonidos de la prisa van mermando. Huele a cansancio. Y en la esquina y a media cuadra me sabe a hambre y a terror. No sé por qué me sabe tanto a prostituta a oscuras…; huele a perfume barato aplicado sobre caras y cuerpos de casi niñas…; ridículas, ridículas.

El círculo se agranda por momentos en torno al

sangrante. Entre la oscuridad nadie ve los chulos volando sobre sus cabezas. Entre tanto desconocido se cuela de cuando en cuando algún vampiro curioso, sediento... También está allí alguna chiquilla exiliada por la guerra -algún conflicto de todas partes en alguna parte- con sus rasgos parodiando la faz del mundo. Llena de espanto. Estremecida. Rebelde.

Unido a su mano algún niñito extraviado. Uno vió en los ojos de ellos cañones, bazukas, tanques, baterías, ojos, muñones, sumergidos en un inmenso líquido anegados entre la retina y los párpados hace un instante. En las luces de ambos hay fuego. Entre las manos unidas sostienen un pedazo de pan. Y son sus cuerpos dos desteñidas flores sobre cuatro pies pequeños.

El dueño de la tienda los miraba entre el área del círculo en la que el herido era su ombligo, con su perro enredado a sus piernas mirando el pedazo de pan dentro de cuatro manitas.

Enamorados de la vida, la pareja de la casa de adobe, a quienes saludó el sol esta mañana entregándose a sí mismos, vieron el cuerpo y se fueron abrazados seguros de pasar sobre alfombras.

El hombre levantó la vista y vió a su víctima enfrente suyo. Sintió como si la estuviera violando nuevamente pero a los ojos de todos, sin esconderla tras la estatua bogando sobre concreto y con barca y su canaleta de cemento; y era feliz como esta mañana. Ella tenía las mejillas coloradas. Callada. Y sus ojos muy abiertos observando las pompas que se formaban cuando la sangre se hundía en el polvo.

Uno se bajó del muro en el que había estado todo el día. Habían llegado las mujeres del bar. Todas ocupadas por los borrachos colgados de sus cuellos: menos ella, con su hijo dormido sobre el vientre y en embarazo.

Corría aún el agresor. El Ente lo vió al dar el primer paso y lo distinguió otra vez al irse a dormir.

El corto hombre herido se ha quedado solo. De vez en cuando pasa un taxista que frena, le mira, se hace cruces y sigue…

:

Siempre casi me he quedado dormido tenso, erecto, a oscuras, con los puños estrepitosamente apretados, con el mismo dolor parido en los ojos ante los rostros de concreto, acero y pasta… y las pestañas enterradas en la piel, los párpados absolutamente cerrados… Soñando, deseando… robar a alguien, hacer alguna picardía… asaltar a alguien y violarla… tener un cuerpo sobre el cual anclar, allí entre el calor húmedo, dentro: Anclaje hermoso de célula a célula en celda a celda… y el reposo…

"Aún está allí, Dios… Cuánto sangra… Y no ha muerto…"

Tendido sobre el lecho. Madrugada. He escuchado llover sobre el zinc del techo. He girado mi cabeza sobre la almohada y a través del agua que cae lo he visto allí aún, boca abajo.

Llueve: Y casi dormido ha llegado a mis orejas su ruido sobre las latas similar al del cartón y la madera al carcomer del fuego. He sentido miedo.

Han recogido el cadáver. Y unas sombras en la calle, con escobas, han restregado y limpiado el piso. Y los chulos nocturnos que volaron sobre él se han ido detrás de quienes se lo llevan. El Ente Uno vió todo el movimiento. Llueve y duermo: Uno entre la inmensa sombra.

Jesús Rojas Oviedo,
1983, Ibagué.

AMORÍO

:

Ahora recuerdo que los días pasan en sucesión perpetua sin que me dé cuenta. Es tal el acelere que no tengo tiempo de enclochar y meter el cambio.

Toda la vida me la he pasado en pos de las circunstancias que no se presentaron y que marcarán las conquistas o logros que me permitan ser fuerte y poderoso para decidir y hacerme sentir como se me dé la gana, sin necesidad de jalarle a las evasiones de la realidad, sin necesidad de lamberle el culo a nadie para que me dé un puesto y luego para no perderlo y poderme ganar la vida y evitar ganarme un carcelazo porque alguien guarda un billetazo en el bolsillo y es tanta la tentación y LA POBREZA QUE NO PUEDO EVITAR EMBUTIRLE UN CUCHILLO y desplumarlo.

Toda la noche duermo mal y me despierto tratando de sonreirle a ella y acariciándola sublimemente -porque me he tomado el derecho de dormir al lado de una Ella- y tratando de sonreírle al sol. Tengo resaca y miedo cada mañana. Atrás quedan las persecuciones policíacas de la noche pasada y los tiros y las heridas afuera en la calle y es la mañana en que todo se rebulle, se despereza, se agiganta mientras se achica cada sentimiento, los escobitas lavan la sangre más reciente que llovió sobre mojado y los papeles de confites y la caca de los gamines…

Entre tanto ruidajo me parece estar dormido. Maldigo el no haber sido preparado para tanto andrajo. Lamento a veces haber buscado ser querido y que alguien me mime. AMARGADO, me grita usted lector amargado. Pero no se lo he preguntado ni le he pedido una opinión.

El Ente UNO se quita como todos los días las manos de los ojos.

Imagínese que las arepas se están quemando. ¡Corra mijita y borre del mapa tanto carbón, retírelas con parrilla y todo!.

El Ente UNO como todos los días se seca el sudor de las manos nerviosas de siempre en las mangas del pantalón.

Pero es que usted no se preocupa a lo bien por las vainas. El cuento no es que no puede o que el mundo lo tiene jodido y lo oprime. EL cuento es que usted tiene que aprender a sobornar al destino y el destino está en sus manos y es usted un marica más entre la cantidad de maricas que luchan su pan ofreciendo allí lo que no tienen, allá lo que no han conseguido, que es decir lo mismo y ya es mucho dicho, hacer flores de barro que se deslían con la humedad del aire a la vez que se hagan necesarias para que todo enamorado de algo consiga el sí anhelado y justificar así la demanda. El cuento es que usted tiene que llegar a tener carro, o, es que no ha visto cómo todas las mujeres miran pasar un carro y miden la potencialidad del conductor y sueñan con ese carro y chofer, o es que no es capaz o tiene miedo de entrar a competir usted y pichirilo a levantar secretarias que salen de su trabajo a almorzar, casadas o solteras, comprometidas o solteras de horas tras horas en cambio y que le digan adiós cuando usted pasa así tengan el mocito al lado paradas en las esquinas o caminando porque generalmente las casadas van solitas por la calle después de pasar por el altar…

El Ente UNO atolondrado se pasa las manos por los cabellos y se rasca.

Pero es que yo tengo a Ella y me siento de Ella… Me gusta desnudarla y yo le doy de comer a mis ojos viéndola desvestirse. Y no miro mujeres que van en el carro, ni sé si hay más curvas en las calles que las que tiene Ella de la cintura para todos los lados…

El Ente UNO pone a flotar en el aire los puntos suspensivos que hacen más bulla que todos los pitos en el trancón de la avenida. El que está al frente de él, que lo ha escuchado y también lo ha sermoneado, respira profundo y le pregunta:

¿Y es usted tan marica de creer que Ella es diferente?

El Ente UNO se limpia la comisura salivosa de los labios y dice sí. El otro ataca: ¿Y cuando camina con usted, a Ella no se le van los ojos detrás de cualquier carro y es capaz hasta de decir adiós cuando un tipo se la queda mirando desde el interior? - Sí. Pero es que Ella está conmigo en las malas y en las buenas. Y el otro aturde:

¿Y hoy, la mujer casada que iba con ustedes, acaso no le pidió que le comprara ese carro blanco que iba pasando pero con chofer y todo?

El Ente UNO sintió frío el estómago y contestó otro sí

¿Y al llegar a la oficina, como gran cosa, su Ella y la mujer casada no comentaron en la recepción que usted no les había querido comprar un carro con chofer y todo? Pués entonces ¡póngase pilas!. Hágame caso, aprenda a moverse, haga levantes, olvídese que las caricias son para siempre, levante billete y levántele las faldas a todas las que se dejen, que mujeres y billetes son complementarios. Y présteme bien atención a lo más importante: Los sentimientos no existen. La lealtad negóciela que todo tiene precio y usted tiene que comer y préstese al juego que la vida es eso, no coma tanto cuento y no se olvide que ahora está vaciado y me debe esa gaseosa que le ofrezco y no se ha bebido y me va a deber la arepa que viene en camino -ojalá no se haya quemado-.

El Ente UNO recogió la gaseosa y comenzó a vaciarla sobre su sed. Después llegó la arepa caliente y se la engulló empujada sin que se notara que masticaba, se reafirmó en la seguridad del beso que Ella le había dado horas atrás, se juró pagar todo cuanto le hubieran dado y sonrojado, se bajó los pantalones al instante que se refugiaba en el recuerdo de la limpidez en la mirada que siempre le había regalado Ella, creyó como siempre en que había un ser que no le fallaría y al que no le faltaría y, deseó que ese pedacito de tierra en el que se iba a cagar, fuera el mundo que él conocía.

Jesús Rojas Oviedo
Febrero 18 de 1.988, Bogotá

DE SU VOZ Y EN LOS SILENCIOS

:

De madrugada Ella se despertó con miedo. Algún carro pasó lejos en el momento que su mano palpó un glúteo de Él en la penumbra iluminada por las sábanas testigos de su unión clandestina aposentada en el apartamento que un hermano le pagaba mientras estudiara enfermería "no para meter hombre(s)" y al que en cualquier oportunidad podría aparecérsele de improviso y pillar allí de esa forma y no de otra a Ella que había descubierto el no poder volver a dormir sola temiendo ser asaltada sin poder defenderse o mimarlo a Él y sentir como respira como transpira cuándo se rasca cuándo le entran las ganas cómo le entra así de esa forma cómo no puede evitarlo ni negarse ni revolcarse para virar a izquierda o derecha sino estremecerse y adueñarse y más que dale más "todo lo que tengo es tuyo" ¿Qué será lo que tiene? "¿Qué se unta que me vuelve loca?" y arroparlo al oírlo toser y echársele encima y relajar su dolor de espalda…

El ruido del motor del carro se apagó lejos y volvió a dormirse en el instante que Él dormido la agarraba por la cintura con todo su brazo y comenzaba a llamarla como si se le hubiera perdido. Se durmió sonriente hasta que en la mañana, ya de pie, el café se le regó en la mano despertándola y avisándole que ya estaba. Se restregó los ojos y las comisuras de los labios con la mano libre mientras servía los dos pocillos.

Llevó el tinto de Él y lo colocó humeante en el piso para despertarlo moviéndolo por la espalda. En un cuasi despertar la vió toda desnuda. Como a Él le gusta. Le tomó lo muslos entre las piernas. Le tiró un beso y volvió a dormirse.

Ella se tomó el café despacio a soplo y sorbo. Le agradó el cosquilleo del humo en su nariz al beberlo y mirarlo dormido boca abajo. Se bañó se vistió le escribió una nota que colocó junto al pocillo servido en el suelo. Antes de salir le lamió la espalda sintiendo el corazón latiente. Se llevó la mezcla de crema dental y sudor de piel aletargada en la boca. El sol entraba por la parte superior de la junta entre las cortinas en una línea polvorienta y gaseosa. Abrió la puerta. Salió. Lo oyó llamarla dormido todavía como si la hubiera perdido. Y cerró despacio y silenciosa casi en vilo.

El despertó -Ella no lo supo-. Se giró quedando sobre la espalda y conoció que estaba solo. Miró el café y el papel en el suelo y los recogió. Relamió sus labios añorando un beso. Sorbió y leyó: "A las doce en la esquina del parque nos vemos para ver qué almorzamos no me ha llegado el giro no tenemos plata voy a la práctica con la comunidad acuérdate que hoy es sábado chao": Miró el reloj de las siete de la mañana, sintió que la extrañaba más que como siempre, bajó el pocillo a medio tinto al suelo, giró tres veces sobre las sábanas y mantas revolcadas, sintió frío, alcanzó a imaginarse que Ella había llevado la bufanda y se durmió.
:

Abrió la puerta y salió dichosa de tener su boca llena del sabor de la piel de Él dormido y cerró la puerta despacio y silenciosa y se estrelló con el sol mañanero y brillante, la calle destapada, las fachadas de las casas del frente en la sombra calladas y frías, el aire yerto. Se terminó de envolver la bufanda, echó hacia atrás su jigra negra, metió las manos en los bolsillos de su batola larga, sacudió sus botas contra el piso, toda se metió de frente al bullicio al cruzar en la esquina la avenida y meterse en la buseta montándose en todos los ruidos montándose en todos los ruidos sacudiéndose.

En el trayecto, de pie y apretujada, solo deseaba devolverse, entrar y apretujarse junto a Él. No se percató que le registraron la bolsa negra tejida dos veces y que dos veces, decepcionadas de no encontrar algo de valor dos manos habían salido de ella veloces y cuatro ojos la habían mirado con furia. Afanosa y restregando su cuerpo para caber entre callejones casi imposibles de pasajeros, logró cruzar la registradora y decirle al conductor "En la esquina". Se bajó justo enfrente de la Pensión que le habían asignado para práctica el jueves en clase, verificó la dirección en el acceso abierto, vió como a un gusano pálido de manchas rectangulares verdes y polvosas recostado sobre la derechoade un zaguán estrecho, -umbroso a retazos y desierto- la hilera de habitaciones en cuya perspectiva, la última puerta era demasiado pequeña y casi invisible la ventana final de todas ellas y, entró.

Tocó el timbre sobre el gris de un escritorio y varios pájaros que merodeaban en el techo construyendo silbos se vinieron a tierra para salir volando por la entrada angosta. De algún lugar del inquilinato, resumidos detrás de alguna puerta, escapaban sonidos de tapas de ollas y molinillos en acción dentro de una olleta. A sus espaldas se colocó un hombre casi anciano -sin que Ella hubiera escuchado un solo paso, ni el quejido de una bisagra reseca, "tal vez estaba afuera", ni el carraspeo de una chapa- diciéndole "A sus

órdenes, en que puedo servirle" y luego un profundo respiro y antes que Ella dijera algo "No tengo vacante en ninguna pieza, están todas ocupadas" y nuevamente un respiro
silbantísimo muy breve y hondo "Y eso que tengo veinte" y
un carraspeo final con un pensamiento en voz alta "Tendré
que ampliarme..." Enseguida saltó tras el escritorio mirán-
dola fijo y toda, muy fijo y muy toda y absolutamente callado.

Entonces habló Ella, sin parar ni respirar, explican-
do lo de su enfermería en la facultad y la práctica con la
gente y que la otra semana entraba a finales y necesitaba
alta nota..., hasta cuando el casi anciano dueño del local
le pone la mano en la boca y le dice, "Vamos golpee en
todas las puertas y haga lo que tenga que hacer" y sale por
donde lo hicieron los pájaros hacia la calle donde ya se ar-
man los puestos de venta de ropa usada, chancletas, pilas
para el Sanyo y las grabadoras que todavía resistan las casas de empeño, toallas, calzones, pantaloncillos, brassieres,
medias de cuero para las várices, zapatillas de nylon para
la discoteca..., dejándola adentro enfrentada a tremenda
hilera, sola y con algún anonadamiento en el tripaje ahora
que huele a chocolate...

Ella golpeó en la primera puerta. Una señora joven,
morena y preñada abrió con sus manos mojadas untadas
de masa de harina de trigo, diciendo "¿Qué quiere?" Dentro se oía movimiento de párvulos jugando ya a golpear
tarros entre sí y contra el suelo. Ella escuchó voces y soltó
el rosario; el mismo que le había botado en la cara al dueño
de la pensión; pero esta vez todo fue más fácil: enseguida
la señora golpeó en las diecinueve habitaciones restantes
y sus puertas se abrieron -también las ventanas dejaron
escapar vapores y renovar el aire- al salir atropellados sus
habitantes como resortes rebotando de repente sin poder
encogerse... Igual se asomaron los gatos y los perritos, se

pudo oír loros enjaulados alegando desde algunos de los adentros... Únicamente permanecieron cerradas la puerta y la ventana de una habitación casi en el medio de las demás, tras las cuales se podía oír crujir el silencio.

De la bolsa Ella sacó gasa, mertiolate, mejoralitos, sulfato, un frasquito con alcohol, pastillitas anticonceptivas, dos tubos diminutos de pomada india, unas tijeritas chinas, un rollito de esparadrapo, polvo rojo para los piojos y, sus manos. Los muchachos mayores se recostaron de espaldas contra el muro del zaguán, "Cómo está de buena", haciéndole guiños... El próximo sábado, en la mañana, algunos de ellos le regalarían tarjetas con flores pintadas y el más callado hoy, bajaría un pichón del nido en el techo y se lo entregaría por la tarde al verla marcharse cabizbaja, húmeda, tensa como un hilo de acero en una guitarra eléctrica.

Ella volvió a meter ambas manos en la jigra y sacó hilo, aguja, un lapicero y una hoja en blanco. Entonces los vecinos hicieron fila y uno por uno, limpió heridas, cosió alguna camisa, exterminó aquellos animalillos de las cabezas, remendó una pelota de trapo anudando los retazos, estripó granos y les untó alcohol y pomada, cubrió algunas heridas, recetó para los sabañones, en pedacitos de papel anotó nombres de purgantes baratos para los parásitos, -el sol cada vez era más brillante y trepaba más alto- cargó en sus brazos todos los bebés para chequearles el peso, constató tras las bolsas de los párpados la anemia y los problemas hepáticos, bebió chocolate tibio y guardó el pan para llevárselo a Él, recomendó a las damas con los pies hinchados tomar mucho líquido, a las muchachas les enseñó a usar la píldora entre risas y sonrojos..., hasta cuando todos ya habían sido atendidos con excpeción de los muchachos que se habían sentado en el piso sin dejarse... Guardó en la jigra los muy poquitos de cada cosa que le quedaron. La habitación en medio de las otras permanecía cerrada. Preguntó si allí vivía alguna familia: "Una señora y un niño" contestó alguno de los muchachos. "¿Sí?... ¿Y estarán ahí?" preguntó curiosa. "Sí" contestaron en coro. "¿Y por qué no abren?" "Hace ocho días que no abren. Desde cuando llegaron". "¿Y ustedes no han golpeado?" "No abren", ripostaron.

Durante la próxima semana Ella se acostaría, se levantaría, dormiría e iría a clases, lamentándose de haber golpeado esa puerta.

Preguntó la hora de las once y media y golpeó. Ni un sonido dentro... Algún crujir quizá. Volvió a golpear, una vez más, violentamente, otra, y otra. Los muchachos la miraban riendo. El medio día transitó en el tablero de las doce. Ella golpeaba y más. La puerta parecía que fuera a estallar o a caerse de un momento a otro; pero no lo hacía. No lo hizo. Descubrió gotitas de sangre en la piel de sus nudillos y decidió entonces irse presurosa. Recordó la cita de las doce con el bienamado, cumplido, impaciente. "Llegué tarde", pensó y la puerta se entreabrió dejando apreciar un mundo oscuro, la figura de un chiquillo de ocho años, pálido, cabezón, flaco, cuyos ojos transparentes parecían plastilina pegándose desde abajo a su rostro en el mismo instante en que miles de moscas zumbando negrísimas escapaban por entre sus piernas, bajo su bracito izquierdo aferrando la puerta, encima de su cabezota hasta el marco, atropellándola.

Ella miró hacia atrás. La nube de moscas ascendía hacia el techo y los muchachos habían desaparecido... Empujó con fuerza la puerta que abriéndola toda traqueó contra la pared -¿sería el niño?- y penetró.

La luz fue un chorro que hizo retumbar las densas nubes de oscuridad al disiparlas o encaramarlas al techo. Al frente, en el rincón bajo una ventana de madera vecina de la calle, una mesita temblorosa soportaba un reverbero de petróleo y mecha sin candela, sobe el cual, sentada, una enorme olla de aluminio contenía a la mitad agua, en cuya transparencia navegaban unos huesos rehervidos muchas veces, hechos ya cristales sin sustancia. A la izquierda, con la cabecera pegada a la pared una cama doble metálica dejaba una U para el desplazamiento por la pieza. Sobre ésta, una mujer no vieja aún, despeinada, terrosa y robusta, parecía dormir boca arriba, cubierta hasta la cintura por una colcha amarilla macilenta y sus senos por un sostén morado y rucio.

Ella se acercó en el tren de carbón de tres lentos pasos. Las últimas moscas huían del cuarto. El chiquillo montado en su carrera se pegó a Ella. La mujer no se movía. Se aproximó un vagón más en un paso eterno y levantó la colcha impulsada a cubrir la postración que era aquella. Entonces escaparon chocando contra todo y entre ellas, otros cientos de negrísimas. Otras habían muerto ya y formaban adheridas, parte de la sábana, de los muslos, de los interiores, de los pies, de algún lunar de la inerme. Desde sus ojos abiertos, muy abiertos desprevenidos y transparentes, al chiquillo se le escapaba la costumbre.

Se sentía allí como una boba babeando. La sacudió, le pellizcó los senos, la chuzó con sus uñas en el vientre bajo. Y la abofeteó.

"Tía", llamó el chico. "Tía, tía", otra vez.

Ella era un grito sucesivo llamando: "Señora, señora..."

Entonces se acordó de tomarle el pulso. Estaba viva. "¿Ah?". Le haló el cabello: "Despierte, despierte...".

"Tía, tía, hay visita tía". Y no era un grito. Era una pequeña voz implorando.

En la frontera del desespero, la tía entornó dejando ver alguna luz en sus ojos. Lentamente recogío su brazo derecho y lo impulsó un centímetro para tocarla. Encorvándose de pie, Ella tomó esa mano áspera y seca y la escuchó decir algo así como: "Gracias por venir. Nadie nos visita", antes de volver a poner el cerrojo en sus párpados. El sobrino respiró hondo y se animó. En la esquina inferior izquierda del lecho se podía observa la hendidura dejada por aquel cuerpecito de ocho años en posición fetal durante muchas horas. Ella lo observó y hubiera jurado que le vió una sonrisa.

Aseó la durmiente con un jirón rasgado a la colcha humedecido en el restico de alcohol de su frasquito. Enseguida sacudió aquel edredón amarillo y mustio y volvió a cubrirla. La peinó y con las tijeritas chinas le cortó las uñas. Aseó al pequeño, lo peinó además y le colocó una pantaloneta azul que encontró en una orilla de la cama cambiándole los pantaloncitos cortos de paño negro, tiesos de tenerlos puestos. Abrió la ventana que da al zaguán, advirtió el tapiz de polvo cubriendo el suelo, le regaló el pan al niño y afanada por su propia hambre, la cita con el biendueño de toda Ella en la esquina del parque y el pensar en qué almorzarían, quién les fiaría mientras le llegaba el giro, cerró la puerta a sus espaldas sin mirar y corrió. Trotando la torre de la iglesia descubrió la tarde vestida del sol cenital de las dos.

Mientras le colocaba la pantaloneta al chiquillo, había prometido que el próximo sábado iría a las ocho de la mañana, que llevaría un médico amigo que tendría hasta entonces un día libre y que les llevaría medicinas. Además, convino que enviaría comida en la semana, apenas pudiera. Indefenso, prometió esperarla. Ahora a Ella sólo le preocupaba que su Bien, Él, no estuviera enojado, que la hubiera esperado estas dos horas de retraso, que estuviera sentado a la sombra de un palo, que la comprendiera, Él que es tan intransigente, aunque es esa una de las cosas que más le agarran: "¡A correr!".

Él ya no estaba. Ella recorrió las cuatro esquinas y llamándolo miró tras de todos los árboles y los espaldares de las bancas. Comprobó. Corrió al apartamento. La cama sin tender. El pocillo a medio beber en el suelo. El jabón en el baño lleno de agua y deshecho, la ducha goteando, la llave del lavamanos abierta y Él en ningún rincón.

Se tiró de espaldas en la cama, sus piernas bien abiertas, sus brazos abiertos en cruz, toda su turgencia agitada. Y sollozó. Empuñó enseguida las manos, recogió sus rodillas contra el pecho, fue a la tienda, fió pan, leche, huevos; se bebió la bolsa blanca y dejó lo otro en el mesón… Acostada de medio lado sobre la izquierda, bajo los párpados cerrados, haciéndose la noche fuera y dentro, se deshicieron sus ojos en dos sonatas silenciosas y líquidas…
:

"Te he extrañado todos estos días

Anoche creí morir de miedo Sentí ratones en la cocina

Anteanoche ví sombras merodeando la ventana

Creí que eras tú

Pero no eras

La otra noche dormí desnuda esperándote

Pensé que así llegarías

No he ido a buscarte a hospitales porque de estar allí ya me lo hubieran dicho ni a la policía porque igual me lo hubieran dicho

Hoy he vuelto a servir café en dos pocillos

El tuyo está en el suelo junto a la cama al lado que te gusta dormir

Bajo el plato dejaré este papel por si llegaras

No quiero que pienses que no estoy

Voy a mi última práctica de los sábados con la comunidad este semestre

No me demoro… Espérame y hablamos

Hay galletas en la cocina por si quisieras comer algo

Tengo mucho que contarte
Todas estas noches ha hecho mucho frío
El café está fresco es de hoy bébelo
Chao"

Colocó el papel bajo el plato y el pocillo. Escuchó a su muñeca alarmada cantar las diez en el reloj. La mañana gris jugaba en color con sus ojeras. Recordó que debía estar a las ocho en el inquilinato. Que lo había prometido. Despreocupada y despacio, terció su jigra negra, ojeó todo el cuarto ordenado, abrió, cerró, echó llave, giró media circunferencia y se dejó saludar por la llovizna. Caminó despacio. Lenta se aproximó por las aceras al pasaje, penetró sin saludar al dueño en la entrada, ni a los muchachos en el zaguán. Todas las habitaciones estaban abiertas, se oían radios en diferentes emisoras. Sonrió a algunas mujeres asomadas en los marcos. Recibió sin mirar las tarjetas con flores pintadas en rosado. Y empezó a golpear la única puerta cerrada. La misma del sábado anterior.

Como no se abría, consiguió una piedrita y golpeó y golpeó y golpeó, golpeótocósilbógritóniñoábreme. Empujó la ventana. Resistió. El medio día volvió a transitar en el tablero de las doce. Se acuclilló. En el zaguán ya no había nadie visible. Nadie se dejaba ver. Horas después, en su apartamento, sabría que esa puerta tampoco se abrió en los últimos ocho días. Cuando las piernas comenzaron a hormiguearle, la piedra con la que tocaba se había despedazado.

La una de la tarde rebotó en las gotas de lluvia que se estrellaban contra el piso. Sentía los pies helados. Se irguió y llamó al dueño: "¿Tiene copia de la llave? Abra. ¿Será que no hay gente adentro?". "Por Dios, no puedo hacer eso. Todo está en regla. La señora y el niño no me deben ni un peso. No puedo". Ella lo oyó responderle y se asustó de verlo tan anciano y así de decrépito, mientras repetía "No quiero líos, no quiero líos con mis inquilinos, váyase quiere, váyase..." Y eran solo ocho días sin verlo, "cuánto jode el tiempo", pensó sin llegar a convencerse. Paciente, angustiada, volvió a golpear. Ni siquiera oía en el interior un ruido. Sabe bien cómo ansió pescar un ruido. Pateó, palmeó, empujó con todo el cuerpo aquella madera con chapa que sellaba todo. No había venido con un médico -como había dicho al pequeño-; pero Ella los atendería. No había enviado comida esta semana; no había podido. No había llegado a las ocho; pero estaba allí... Enfurecida por fin, levantó y volteó al anciano dueño, dejándolo de cabeza al piso. De sus bolsillos cayó la cantidad de billetes más fabulosa que había visto en la vida, algunas monedas y las copias numeradas de las llaves de todas las alcobas. Lo dejó caer, recogió lo que buscaba mientras aquel bramaba y, abrió.

Cerró la boca para no comerse alguna mosca. Sobre la cama, cubierta hasta el cuello y boca arriba, la señora. Y el niño, encogido y fetal a los pies en la esquina izquierda. Ambos parecían dormidos. Al acercarse, nubes de mariposas blancas, diminutas, levantaron vuelo deshaciéndose en polvo y cayendo sobre aquellos dos seres postrados, el tapiz de mugre espeso en el piso y las manos y la cabeza y el vestido de Ella. En la inmensa olla de aluminio aún quedaban gotas de agua escarchada y una masa de huesos desleídos. Auscultó la garganta de la tía. No había pulso. Era toda rigidez y hielo. Levantó la colcha amarilla macilenta bajo la cual fueron polvo cientos de mariposas sobre aquel cuerpo cuyas manos eran un nudo enlazadas sobre el pecho. Ella se estremeció imaginando el esfuerzo que debió hacer la tía para llevarlas hasta allí; o, la angustia infinita del sobrino, -anegada en sus ojos desprevenidos- para colocárselas ahí. Tapó el rostro ceráceo y corrió al cuerpecito encogido de medio lado como si tuviera frío, a los pies del lecho. La dureza comenzaba a adueñarse en el mutismo de sus venas y órganos. Sobre la piel de la nariz, embestía el océano silente de la huella de un llanto que se deslizó y que acababa de secarse…

:

Ella ha vuelto al cuarto. Por primera y última vez -no regresará al irse-, encuentra todo abierto. La voz de las seis de la tarde se pasea en el azul intenso del cielo regalo de un sol que bajando tras la muralla de los cerros, lo abandona. Por la ventanita de madera que dá a la calle se pueden ver los carros que pasan y el seguir de la gente. Ha dejado los dos cuerpos en una morgue a espera de ser reclamados o embolsados y enterrados bajo las lápidas N.N. Doce horas atrás la señora había fenecido naturalmente, "… sin muestras de enfermedad crónica, heridas o hemorragia…" Cuatro horas después su sobrino, "…niño de ocho años, sano…, dejó de existir al parecer de tristeza".

Bajo el colchón se asoma un pedazo de papel rayado. Y en letras grandes y deformes, caligrafía de niño, a lápiz, una frase con una hache ausente: "La emos esperado tanto".

"Dios… ¡se dejaron morir, carajo!"

Cabizbaja, húmeda y tensa como un hilo de acero en una guitarra eléctrica, se marcha con un pichón entre las manos y el más silencioso de todos los muchachos a su lado.

Más tarde, en el apartamento, recogerá el tinto intacto del suelo, vaciará el pocillo en el lavaplatos, rasgará la nota que le dejó a Él esta mañana, se olvidará que lo extraña, le hará un nido al crío con un pañuelo del Bien Ido Él, le pedirá a aquel muchacho que se quede a acompañarla mientras lo recuesta en la cama y lo descalza, porque no puede dormir sola. La tulle el miedo en las noches.

Se dormirá tranquila ansiando la llegada del lunes para ir a cobrar -¡por fin!- el giro.

De madrugada se despertará con miedo, escuchará alejarse un carro, palpará el cuerpo del muchacho, se desnudará y volverá a dormirse.

Jesús Rojas Oviedo
Julio 23 de 1.987

POEMA EN PROSA PARA UN PROFESOR DE GEO-GRAFÍA
:
"Tan callado como puede estar un papel en blanco, puedo oler muchas cosas".

"El viento de esta noche se cuela por las rendijas, los calados de las ventanas, las fisuras del cemento y por las goteras. El viento viene de todas partes. Como también la sombra que tapa a este continente de arriba abajo. Esta noche ese viento no rompe nada; tampoco levanta los techos. Crea en mí la prepotencia aunque soy un desnutrido más entre tantos que se sienten fuertes. En el cráneo revolotea por todos lados una idea que creo tan cierta como el sudor de todos los días tras un pedazo más de vida entre los supervivientes. Esa idea está íntimamente con el olfato. Y con el viento: Todo lugar puedo olerlo.

"Decía que, callado, tanto como una hoja en blanco, puedo oler muchas cosas. Huelo en cada oleada pedazos de cada extremo y de adentro de este continente del que mi gente hace parte. Sabe usted que puedo sentir en la nariz el frío de Tierra de Fuego. Sabe usted que puedo oler:
todo lo de este continente que es casi todo
el agua del río de La Plata metiéndose a frecciona-

zos en el Atlántico que es lo mismo que el Magdalena haciendo igual cosa en el Caribe

la uva y el otoño en Chile

los sonidos de un hombre que en un estadio cantó una canción acompañándose de su guitarra a la que le robó notas rasgándole las cuerdas con lo que habían dejado de sus manos, los muñones

la fantasmal figura de un desaparecido acusado de apagar el televisor cuando empezaba a hablar el presidente

las axilas de la gente arracimada en los buses urbanos

el perfume de unas mujeres caminando sobre tarimas erguidas y apretadas como llevando una diminuta lenteja entre las piernas que no pueden permitir que se caiga

en este instante en que el viento estremece mi piel, la sal de los ríos y la de los océanos

la cruel acrimonia en la agriera de las cloacas

el sueño de millones de seres -como espantos- tirado junto a sus párpados cerrados sobre el cemento, bajo algún alero, a tajo abierto, alineados

el cuerpo de esa mujer que amo que huele y no

las voces y los gritos y los ruidos y los silencios la pólvora de todos los días que se eleva en forma de humo y se desplaza a trancazos y traquetazos de extremo a extremo, de lado a lado acariciando todo violentándolo

el polvo de todas las estatuas y de las repisas".

El hombre se sacudió la mano y se la llevó al pelo. La hoja en blanco se deslizó por sus rodillas escapando de entre sus dedos y cayó. Echó el cabello hacia atrás, se quedó mirándome. Parecía un hombre igual a todos. Es más, estoy seguro que nunca recordé su nombre a pesar de haberlo dicho en la presentación. Miró hacia todos lados, se quedó mirándome arqueando las cejas.

"Puedo oler el cerro de Pan de Azúcar que no es

más que un morro lleno de matorrales espinosos y sé cuando ella -la que amo señor- me va a decir no; huelo mi recuerdo y encuentro que casi siempre no dijo sí; entonces sé del ardor que causaron mis lágrimas en todo mi cuerpo porque para salir parecía que recorrieran desde las uñas de los pies por dentro subiendo hasta los ojos cuando aparecían después de que ya me habían requemado y empezaban a descender sobre la piel ardiente como leña seca, hirviendo... escocida con tanta sal que cargaban que uno no se explica de dónde sacaban tanta hasta mojar los zapatos que terminaban siendo o todo un barrial o dos espejos en los que podía mirar mis labios tensos... mi rostro abotagado".

El hombre dejó de mirarme y con su puño quebró el espejo que tenía al frente como lo había visto hacer muchas veces en cine. Sacudió sus hombros. Estremeció su cuerpo como quien se desata del desconcierto... y yo creí que rezaba para no acordarse de la mujer de sus deseos.

El concierto apareció. El techo, la ventana, la rendija, la hendidura, la grieta, el viento que se desplaza y gira y huele a ..., los pies, el cabello, la noche y las costas y las cosas y la hembra de los sueños y los sueños de ella, todo eso y todo lo otro, la incuantificable vicisitud de todas las vainas ignoradas -la telaraña en el rincón, la cáscara en el piso, las medias bajo la cama- y la bombilla, la gata y el gato -en la terraza-, todos estaban ocupando sus lugares, el espacio para su olfato.

Esta noche Ese hombre sacudiéndose la mano y llevándosela al pelo para echarlo hacia atrás no había dicho nada. Nadie había dicho nada. Ni yo mismo. Y no había nadie más conmigo

Sólo yo

Y yo

Yo oliendo una cantidad de cosas entre las hendiduras, las rendijas, las goteras por las que se cuela el viento, esperando como una máquina el dato procesado que me indicara que debía imprimir el sueño, cerrar mis ojos y colocarme horizontal…

El espejo quebrado como una estrella que de lo cercana perdió todo su encanto me muestra la figura de este atónito restregándose el puño cerrado sobre la piel del estómago.

El viento de esta noche asalta el cuarto por las fisuras del piso y por las goteras del techo.

Hay un hombre en posición perfectamente horizontal ante toda esta oscuridad intentando recordar su nombre a espera de la mañana que, llegue, lo estremezca, lo lleve hacia la calle aún sacudiéndolo, lo ponga ante un tablero y un mapa a recitar los nombres de todos los sitios, los picos, las simas, los ríos, las urbes, entre solsticios, equinoccios, estaciones, ubicándolos entre paralelos y meridianos, oliéndolos como a viejos conocidos.

"Por la vuelta de la esquina a esta hora es común que se acerquen, la madrugada, los robos, los allanamientos, los borrachos…"

Mis ojos, desde la cabeza sobre la almohada, tratan de adivinar los dedos de mis pies obligados a moverse.

Jesús Rojas Oviedo
Mayo 29 de 1.984, Ibagué

LA GUERRA Y LA PAZ SON UN ARMA Y UN TRAPO BLANCO

:

> "Cuando escucho hablar de la guerra sé que soy un soldado más en ella. Soy los millones de seres tomándole el pelo a una calva figura de la muerte".

DICHO POR ALGUIEN QUE VIO LO NARRADO ABAJO:

El Ente vió cómo su mano asustada en cuerpo aterrado levantó la bandera blanca.

El Ente sintió que lo penetraron las balas y lo destrozaron sin experimentar dolor sino leves punzadas calientes.

Segundos antes de cerrar los ojos observó cuando el autor de su fin arrebataba de su mano pegada al suelo la bandera blanca con el asta clavada en su piel y en el polvo.

Ante el último estertor de su cuerpo sabía que aquel trapo blanco sería en algún momento la única esperanza de vivir de aquel hombre como ese día lo había sido suya al levantar su mano aterrada.

El cuerpo del Ente se distendió y empezó a coger frío y a entiesarse.

Jesús Rojas Oviedo,
Noviembre de 1.983, Ibagué.

A VECES SE ACUSA SUBVERTIDO EL PASO DEL HOMBRE POR ESTE MUNDO
:
El profesor preguntó qué es subversión.

Y el más mocoso de todos los alumnos dijo:

"Eso es cuando usted va por la acera y por la calle viene hacia usted un lingote de oro con motor y ruedas llevando encima una urna de cristal y dentro de ella una hermosa mujer y usted no se queda con la boca abierta como todos sino que aprieta los puños y comienza a sentir vergüenza en el mismo instante en que una mano se levanta desde el suelo pidiéndole una moneda y un pelado como yo juega a hacer comiditas con bolitas y planchas de barro".

"¡Cállese ya!", ordenó el maestro, "qué puede saber usted de esas cosas", se rió convertido en burla.

El niño fabricó el silencio y se enconchó en él.

Por la calle pasaba un dorado carro antichoque volador-anfibio llevando una hermosa mujer adentro.

Jesús Rojas Oviedo,
Noviembre de 1.983, Ibagué

LA LATA

:

El ruido atronador como de motores encendidos a toda capacidad empezó a escucharse y con él todos los ojos del caserío empezaron a abrirse y todos los huesos comenzaron a estirarse y todos los músculos también y todas las bocas iniciaron los bostezos matutinos y todas las pieles despertaron al choque del ambiente. Salía el sol.

Intentando alcanzar muy alto soy una voz que se estremece entre los ecos de las calles, de los tarros, de los carros, de las luces; logro ser la luciérnaga que no ve a pesar de llevar luz en los ojos y en la cola; soy los ojos que no palpan más que aquello que el panorama de un enlatado sellado con soldadura de plomo.

Atrapado entre paredes que no veo pero que siento en la piel como la fibra de vidrio, el aire que respiro es el sobrante que emplearon ya otros y una etérea espina ingresando atravesada.

(Gemido) El sonido que me llega es el de todo un cuarto de máquinas descalibrado...

Y ésta es mi película, en la que por más que lo hago, no logro estirar lo suficiente mis manos, ni abrir todo cuanto dan mis brazos, ni quebrar todo lo que puedo mi espinazo… y en la que por más que me esfuerzo no dejaré de ser el malo.

THE END

:

Y rerrerrerrerrerrerrerrerrerrerrerrerrerrerreempiezo.

Abro los ojos -estoy dormido aún y sueño ver cómo los párpados comienzan a recogerse como polietileno al fuego- y hay muchos seres -parecidos a hombres- en distintas posiciones y practicando diversidad de gestos:

Tratando de volar muy alto y de ver muy lejos; respirando, respirando; abriendo, abriendo los párpados; quebrando; doblando el espinazo; estirándose las manos; corriendo, corriendo; respirando; la boca cierra y abre; los brazos atrás, adelante, arriba adelante abajo, atrás…; las piernas al pecho, abajo, al pecho; respirando, respirando; los tobillos se quiebran si no giras los pies; corre, corre; arruga la cara, así se indica el esfuerzo; abre la boca y las aletas de la nariz respirando, respirando…

Tengo entonces una certeza: El rerrerrerrerrerrerre-rreinicio.

EL FIN

:

Recomienzo.

No puedo respirar respirando y aspirando. No es suficiente.

Uno de esos seres se aparece tan parecido a mí, como aparecido en mis dormidas de todas las veces en las que no me veo, en las que sé, que estoy allí, desaparecida-mente aparecido…

Y uno de esos seres que hacen ejercicio y respiran me dice: Abre las aletas de la nariz y la boca.

No puedo respirar.

No puedo respirar.

No puedo res…

"Respirando, respirando, quítate las manos de encima del pecho".

¡CRASH! Despierto. La radio grabadora se ha quedado encendida y hace toc, toc y silba...

Me sacudo. Abro las aletas de la nariz y no es suficiente. Abro la boca.

Miro en la penumbra a través de la ventana y me restriego un ojo. Un hombre pende de la azotea de la casa de enfrente llevando un televisor sostenido con los dientes por la manija. Flexiona: arriba, abajo, balanceo, se suelta, salto, tierra, corre, respirando, doblando el espinazo, con la carga como un bebé entre los brazos, haciendo ejercicios para el cuello girando la cabeza a lado y lado. Me fijo en mí. Las manos caídas. Mis ojos muy abiertos. Mis manos muy apretadas. Tensión arterial:??? Y respirando, respirando.

Afuera de mi cuarto el cielo aclara. El sol sale sin hacer ruido de motores encendidos a toda capacidad. Y al frente yo no tengo un caserío. Sino unas grandes bocas que se tragan a la gente para que haga mucho ruido y, tengo, mucho humo, vidrio, concreto, hampones, piedras.

Clarea aún más. Todo es real y ha rerrerrerreempezado. Corren. Corremos.

En el desayuno la soldadura de plomo del tarro se ha despegado y las salchichas están manidas. Me quedo viendo un punto fijo en dirección al enlatado, el agua, el olor -puedo ver el olor de un pote de salchichas pasado-, el color, las burbujas, el panorama. Vacío la lata. Las gelatinas de carne procesada se deslizan y se desparrama sobre la mesa el agua. Entonces hay un vacío cilindro soldado con Pb, de color oro negruzco con manchas de platino, girando entre mis manos y todo el ruidaje y todo el rodaje y todo el vapor del engranaje de mí mismo, la máquina intrínseca, se echa a sudar, a sudar, a sudar, sobreviviendo, respirando. La tarea es concreta. Debo sellar el escape de la lata, llenarla, taparla, rodearla de cinta metálica, pasarla por el control de calidad y ponerla a rodar.

:

Antes de THE END, la película termina cuando reinicia.

Jesús Rojas Oviedo
Abril 15 de 1.984, Ibagué.

LA ESPERA

:

El hombre, extrañamente puntual con Ella -únicamente llega a la hora exacta donde Ella-, preguntó.

Desde el fondo de un amplio portón de lata con madera cruzada, la voz ajada de una mujer joven y flaca, le golpeó en los ojos: No está.

El hombre hizo una mueca que cambió enseguida por el tímido rasgo de una sonrisa de tonto. Ella no estaba. El Ente vió a aquel hombre, a sabiendas de situaciones parecidas que habían vivido otras veces. El hombre reparó en su reloj. Era la hora del encuentro. Pero ella no estaba.

-Seguramente tuvo qué hacer y no demora- titubeó entre dientes. Y se fue.

El hombre se sentó en el parque. El frío de la tarde comenzaba a llegar con la brisa y el caer del sol para aposentarse en las palmas de sus manos, en los dedos, en el torso y en la punta de su nariz que empezaba a humedecerse.

El hombre se sentó al pie de la estatua de Alguien sin limpiar el suelo. En los ojos lo atropellaban las imágenes de los carros pasando y el polvo y el humo… y el frío de una noche que empieza… y las miradas de los que pasaban y sus risas de domingo con esa apariencia extraña que tiene al atardecer la risa los domingos.

El Ente UNO pasó junto a él varias veces. Riéndose. El hombre se reclinó contra la columna base de la estatua de Alguien, estiró una pierna sobre el suelo rosado biotitoso de una granodiorita labrada y comenzó a esperar...

a enojarse porque Ella no llegaba

porque era ya una hora de espera

a llorar para no llorar -porque Ella tenía que llegar-, delante de Ella

a buscar la diplomacia aprendida en Urbanidad en la Escuela, para no demostrar su rabia...

a reírse para acordarse de la forma que tiene la alegría

a pensar "Nací solo, he de morir solo"

a esperar -Ella no llegaba-. Y a caer en el no saber qué hacer.

La sombra de la noche le inundó la cara a los que pasaban. Y a él mismo. La luz artificial daba a los cuerpos del tráfico urbano la clandestinidad de los carros a los que no se les ven las placas, y la de los rasgos característicos que no se distinguen.

El hombre abría los ojos cada vez más. En su conciencia sentía descargar un peso: En el momento en que pasara alguien conocido, sería más fácil eludir su saludo, mucha mayor dificultad para ser reconocido. Nadie le preguntaría nada. Obviamente se sentía ridículo.

Jugaba aquel hombre con sus manos. Y con el frío posesionado en ellas, recordando que nunca habían aguardado por él. Jamás lo habían esperado

el carro al colegio

el primer bus que salía a hacer la vuelta por las calles cargando y descargando a las cinco de la mañana y que tenía que coger para evitar el descuento del salario aquel día por llegar tarde al trabajo

el patrón

el tren en la excursión al salir de Bachillerato

.

.

.

Ella.

Y él, esperando. Sentado, observando el vacío de las calles umbrosas sin la imagen de Ella y la pareja que en el mayor oscuro se creían solos y se besaban escarbándose mutuamente entre las ropas.

Las señoras se entraron a patalear con las ollas y a intentar llenar los platos a la comida. El hombre descansó porque ya no había quien lo mirara.

El frío se engarzaba más en sus manos. Y el Ente UNO, lo espantaba al tiempo que aquel hombre se levantaba.

El hombre silbó y corrió hacia una figura femenina que acababa de aparecer en la esquina, sobre las piedras, entre las paredes ladrillosas y las grises y las blanqueadas y los portones anchos de lata, entre ese mundo de chatarra.

La mujer se detuvo. El Ente UNO comprendió. Era Ella. Y el hombre le preguntó, escueto, serio, sin rabia, atolondrado: ¿Por qué?

Entonces, el hombre sintió que el frío se engarzaba en sus piernas.

Ella llegaba hora y cuarto después de la que Ella misma señalara, oronda, fresca.

Al preguntarle nuevamente el hombre "Por qué", Ella incendió la sombra con su cara colorada.

Era Ella la brava. "Camine" le dijo Ella.

Y él sorprendido, volvió a preguntar:

-¿Por qué?

Y super enojada, esbozó cinco letras en el aire y demasiado rápido: "adiós". Y enseguida "camine".

Sorprendido el hombre la siguió. Sin decir más palabra.

Una hora después, luego de algunos besos dados por él, Ella le dijo que "uno se cansa" y le preguntó:

-¿Estás de acuerdo?

-¿Por qué quieres acabarlo?- preguntó él.

-Uno se cansa- respondió Ella.

Y él que estaba seguro de sólo amarla, no estuvo de acuerdo con acabar la relación de amantes que habían tenido siempre. Pero no supo decir palabra.

El Ente UNO, descargó el lapicero sobre el cuaderno en el que había escrito esta historia. Sacudió su mano y empezó a leérmela en voz baja.

Jesús Rojas Oviedo,
Enero 27 de 1.984, Ibagué.

EQUIX O PRETEXTO PARA ENGENDRAR UN HIJO
:

> El susto, lo contrario, lo impreciso,
> lo inicuo, el caos: ¿importan?

Una mariposa herida me sobrevuela para aterrizar en mis manos. Al cerrarlas creo destrozarla, de esfuma y no la siento. Más adelante cuando comprenda y, pase de la intención de abrirlas y separar dedo por dedo, al hecho, me veré herido, rodeado por un inmenso aro que me mira por todos lados. Igual que en el centro de la arena en una plaza a reventar. Estaré sordo. Con la imprecisión del tiempo. Una bola como fuego que no siento arriba de este hielo: coléando, la tarde aún envuelve todo.

Abro las manos, despego los dedos. Pestañeo. Me sacudo como un ganso. El miedo deambula.

Deambulo por el perímetro del anillo.

Esperan. Y yo, entre esta rueda que gira, miro a un hombre aturdido en el centro. Ante el espejo de un parabrisas, soy la más brillante carcajada que espera de aquel ser una simple sonrisa.

Esperan todos. Y yo... -la herida dejó de ser mía, en el momento en que dejé de ocupar el centro de la circunferencia de rostros y cuerpos desde la que me miraban por todos lados-.

:

Reclinado sobre la baranda de ese camastro donde hemos cabido juntos, la veré mirarse al espejo sentada, desnuda, quieta.

:

El parque está sin luz esta noche. Estoy aquí. No hay bruma. Ella en alguna parte del cuarto. Semivestida. Aguardándome. Arriba, en el pedazo de cielo que dejan libre los edificios y los cuatro árboles, se asoman las estrellas. A mis pies transita una hormiga. El frío juega con los niños que corren y con mi piel que se estremece. Y soy la hormiga ante los zócalos de las estructuras de hierro, grava, cemento, vidrio... Al frente, más allá de la penumbra y al otro lado, la vidriera de la funeraria exhibe sus cajones en miniatura entre la catedral y la peluquería de moda. Cuando pasa el carro y se disipa el humo, está el encargado de turno sentado en el quicio de la puerta atento a todo movimiento. "Creerá que porque estoy solo aquí soy un cliente en potencia" -puedo pensar-. El neón de la marquesina se balancea como una cabeza achatada llamándome. Al agitarse el viento, ondea una bandera de pirata sobre el techo.

La proximidad de mi encuentro con Ella, la sangre dá botes en mis venas, el aire hace cabriolas en mis pulmones, creo sentir en mi mano su seno.

Hace un momento -una bola como fuego que no siento arriba de este hielo, declinando-: mis ojos están ante el cristal y la reja de una ventana. Tras el vidrio y la cortina, dentro, dos hombres enjutos casi totalmente calvos, sonríen; brillan sus ojos como cuando lustran sus espejuelos con los puños de las mangas de sus batas; sostienen entre las manos una copa llena cada uno; miran hacia la mesa blanca y larga sembrada al piso; levantan sus codos; estiran los labios; y sus sendas hileras de dientes chocan contra el cristal, chasquean, se estremecen ligeramente: BRINDAN, BRINdan, brindan.

Mis labios sellados. Sé de palabras ordenadas en mi cerebro: "Muchas veces veces camino errante. Y muchas también sobre una ruta iniciada en alguna parte, me paro a observar lugares conocidos como un desconocido. Solo que, casi siempre mi nariz dá contra las ventanas y los entes. Cuando no lo hago, me sorprendo al descubrir que ellos también me huelen, calibran... Me salgo de una circunferencia que gira y dejo de mirar a un hombre aturdido en el centro, siendo aún la más brillante carcajada, que espera -como también ellos- a que retumbe de aquel ser, una simple sonrisa, mientras coloco a mis ojos a mirar a otra parte".

Nos quedamos en silencio. Un ente Aparecido y yo. Las manos con las copas totalmente escurridas descienden lentamente a posarse en los antebrazos de las sillas. Por un instante ojeo al ente a mi lado como quien revisa una revista en blanco y al despejado turquí pedazo de cielo, de barriga, entre las azoteas de los edificios. Y me pego a ver adentro:

-Puedo escuchar el ruido de todas las calles elevándose traspasándose enterrándose. Logro disfrutar fugazmente y por el rabillo del ojo de una figura de mujer que trota afanosa entre el tumulto intentando alcanzar alguna orilla. Puedo saber que Ella disfruta de mi figura cuando troto afanoso entre el tumulto intentando alcanzar su orilla. Alcanzo a pensar que esa mujer y yo tenemos esta noche una cita como anoche y que debe estar preparándose para acudir mientras observo lo que ocurre con dos tipos sentados llevando batas blancas en un laboratorio lleno de luz blanca que dá vista a la calle y, con dos matraces colocadas sobre el mesón, con la cara de estúpidos más típica que haya visto el ente Aparecido en toda su vida: "Tienen la cara de estúpidos más típica que haya visto en mi vida", dijo sin mirarme-. Tras la cortina encuentro dos hombrecillos muy normales brindando muy naturalmente que, cranean silenciosos un comunicado de prensa sobre su logro científico en total normalidad.

Sobre la mesa blanca y larga, dos parejas de cromosomas:

Una: X y Y

Otra: X y Y

-Cada uno separado de su respectivo espermatozoide-, contenidas -cada una- en su balón de vidrio.

"COMUNICADO DE PRENSA…: Hemos dado un largo paso hacia el futuro…"

Soy aún una sanguijuela mirando adentro por la ventana:

PRIMER RECIPIENTE:

-Oteo. Poco sé. Hace frío-. Una pareja de cromosomas X, Y. Ella es X. El es Y. Al principio, los dos hombres le han hablado al oído al cromosoma femenino en contra del masculino. Le dijeron: "Tú eres el sexo fuerte. No necesitas de él para poder vivir". El cromosoma femenino dudó. Entonces ripostaron: "Tenemos bancos seminales; genes especialmente seleccionados previamente; te enseñaremos a fabricar semen por si se agotan las reservas, a autoinseminarte". X escuchaba como una tonta aturdida. Experimentaba dolor. No estaba acostumbrada a que le hablaran al oído. Los dos hombres le explicaron un principio biológico: "La mujer posee dos cromosomas X y el hombre uno X y otro Y. Cuando el óvulo es fecundado por un espermatozoide portador de un cromosoma Y nacerá un varón. Y si el cromosoma que porta es X, será una hembra". X se sentía aún más aturdida. Prosiguieron: "Todos los machos huanos son cortados con la misma tijera". Ella pronunció un débil no creo. "Ellos te hacen esclava; ellos te preñan; ellos te obligan a servirles; ellos no te compadecen". X alcanzó a decir que las cosas cambian y dejó la posibilidad del cambio a la esperanza. Entonces atacaron uno por uno y a empellones:

-"La raza humana será tan solo femenina".

-"Habrá que difundirlo en los periódicos".

-"El macho hombre es veleidoso, débil, prepotente impotente y además no puede gestar".

Me estremezco. Todo el frío sube por mi columna y se dispersa por todo el cuero cabelludo hasta deslizarse por las orejas y caerse. Fugazmente, puedo imaginarla a Ella tal como la he visto otras veces, en el cuarto, desnuda, sobre el camastro donde hemos cabido juntos, acariciándome.

Entre tanto, el ataque verbal de los dos científicos hacia X para que odiase a Y continuaba:

-"Podemos arrebatarle el derecho al coito a Y para que no siga el engendro de una especie llena de taras".

-"Podemos seleccionar lo mejor, lo máximo".

-"Podemos crearlo en laboratorio".

-"Pero el macho debe desaparecer por todas sus características".

-"Tomaremos solo X del esperma".

-"Es una lástima que apenas se permita el uso de métodos de desaparición convencionales".

-"Tomaremos solo X del esperma".

-"Todo sería más rápido y fácil".

-"O, ¿acaso no te ofende que sea él quien siempre esté encima?".

-"Mátalo. Mata a Y. Vamos X, tú puedes. Verás que no es malo. Hazlo".

-"¡Hazlo!"

-"Mátalo por el poder que vas a poseer si él desaparece".

X, sinceramente no sabía que hacer; su extremada confusión no le permitía actuar.

-"Puedes crear y procrear todo tú sola".

-"¡Mátalo!".

X los miró. Desde su grandeza, tenía que mirar muy hacia lo alto. Los dos hombres se le habían colocado muy arriba.

Al final, los dos hombres han amenazado al cromosoma femenino: "Tres segundos X. O te acabamos X". "Si tu no lo haces otra X lo hará, X".

El cromosoma X ha salvado su vida.

Los hombrecillos sonrieron y empezaron a enseñarle todo. En su futuro estaba programado, por el camino que emprendiera, nunca toparse con un Y. Este había sido desaparecido.

Le hablaron entonces de:

Crecimiento y desarrollo; salud; educación; vivienda; trabajo; refugios; trincheras; sistemas; conflictos; poder; capitales; trucos; asaltos; evacuación de desempleados del ambiente biótico; ... Quedó un tema tabú: El placer. X nunca sabría de eso, aunque tendría alguna vez que darle respuesta a ello. Los dos hombres intuyen un apasionado beso de X con alguna X y un desliz de sus cuerpos aproximados por una fuerza extraña e incuantificada emanada de ellos.

Los dos hombrecillos redactan el comunicado y, X reclinada en el fondo contra la pared de su matraz, estudia los temas y las cartillas de que le hablaron ellos en el inicio del proceso de enseñanza -viéndolo todo, puedo repetir la imagen de mi mujer, de nuestro camastro y sentir un olímpico cosquilleo recorriéndome las ingles-.

La nota para la prensa ahora reza:

"... Hemos comprobado que la humanidad en el futuro estará constituída por un sexo, el más fuerte, el..."

Los hombres observan la redacción. Parecen niños comiéndose la goma de mascar del lápiz -uno- y las uñas -el otro-.

EL OTRO RECIPIENTE DE VIDRIO ESTALLA.

-Respiro y pestañeo. El ente a mi lado me toca con su mano y me aprieta. Sin mirarlo me suelto. El desconocido exhala-.

Y YO TENGO TANTAS GANAS DE DECIR ALGO CURSI...:

-Inhalo profundo esta vez. La gente comienza a acercarse por detrás de mí. Han deshecho el aro desde el que se me burlaron antes dejando al pobre diablo de turno aturdido en el centro aún sin sonreir y estático-.

El Fantasma del edificio del palacio del Municipio que está en construcción quiere sabotear los encuentros de los novios entre los tacos, las puntillas, el murrio, las tablas y esto es peligroso porque papá y mamá van para misa y pueden hallarlos porque el olfato de los padres de las novias es mejor que el del perro y además, el Fantasma del edificio es capaz de asomarse y sacarlos corriendo en el mismo momento en que mamá y papá vayan pasando.

En las cabezas de las muchachas, las advertencias de mamá: "Andate con cuidado con lo que le tocas"; "cuidado con lo que besas"; "fíjate bien cuando alguien venga y disimula"; "que él no te toque donde no debe"; "cierra bien las piernas"; ...

-El Fantasma del edificio tuvo una novia que es monja ahora y llora en el convento, le oigo decir a alguien-.

Y eso pasó. Papá y mamá que van pasando y el Fantasma del que fuera el novio de la monja que llora a diario en el convento se asoma y las parejas salen corriendo... en el mismo instante que estalla el erlenmeyer y, X y Y que habitaban ahí, salen corriendo, se bajan de la mesa y se pierden en algún lugar muy pegados el uno al otro.

Y yo me quedo con las ganas de decir algo más cursi.

"... el más fuerte, el FEMENINO. La ciencia logra en sus prodigiosos avances la perfección de la raza humana y el mejoramiento de las condiciones de vida. El universo estará poblado sólo por mujeres -científicas, conquistadoras del espacio exterior, madres autoengendradas...-. Es nuestro más valioso legado..." El comunicado se corta bruscamente. El matraz estalla.

La gente puebla todo a mi espalda y mira por sobre mi cabeza y mis hombros.

Me aparto de la reja, viendo a través de la ventana y la cortina, dentro, a los dos hombrecillos arrastrándose rastreando afanosos todo el suelo. Empujo al ente Aparecido hacia atrás y del bolsillo de su camisa saltan X y Y, unidos, se embolatan entre la curiosidad y el gentío y yo comienzo a abrirme paso: Papá y mamá han comenzado a dar correazos a las muchachas llevándolas a la casa y los muchachos miran parapetados tras el muro desde la vuelta de la esquina. Los viejos se quedan sin misa. Sermonean por todo el camino hasta encerrar las chicas. Y al cerrar las puertas vibran las vidrieras, las ventanas, la mesa de cristal: El regaño seguirá hasta que amanezca y yo experimento un ligero y hermoso cosquilleo recorriéndome de las ingles hacia el centro y por primera vez, la necesidad de encargar con Ella un hijo entre la ansiedad de juntos y los temblores de ambos.

:

El parque está a mi vista. A oscuras. Llego. Me siento en algún extremo sobre algo. El frío juega con los niños y con mi piel que se estremece. Hallo la hora en mi muñeca izquierda. Ella debe estar en estos momentos en la alcoba de nuestros encuentros empezando a desvestirse, dispuesta a darse un baño sin mojar su pelo, aguardándome.

Giro mi cabeza. Atrás hay un mundo en un balón de vidrio donde el macho no existe y la hembra sólo sabrá de otra hembra.

El ente Aparecido me ha seguido a prudente distancia. Viene y me remira; pero no dice nada. Por la calle se cuelan los fantasmas. Al frente, el neón de la marquesina de la funeraria se balancea como una cabeza achatada, translúcida, llamándome. Una risa estruendosa sacude las hojas de la ceiba y de los otros tres árboles y al ente Aparecido y a mí, pero no al encargado de turno de la tienda de ataúdes ni a los chicos, cuando pasa el Fantasma del Palacio Municipal que está en construcción, llevando entre sus puños bien apretaditos a los dos hombrecillos del laboratorio. El ente Aparecido deja de mirarme y se va temeroso dejándome asustado por sus hijos y los míos y mis nietos y los suyos, todos aún por nacer. El Fantasma se pierde en la esquina. Los fantasmitas se han puesto las capuchas y entran en escena: dibujan sus letreros en las paredes. Y viendo todo lo de mi rededor logro pensar que la prensa escribirá en la página de relleno: "Hallado abandonado un cromosoma X intentando romper infructuosamente el matraz que contenía además de él, un cromosoma Y en avanzado estado de descomposición, en un laboratorio de experimentación genética. Se encontró también un comunicado a la prensa inconcluso redactado por dos científicos desaparecidos...". Agazapados, otros Espantos vigilan a los fantasmitas que pintan letreros. En un instante los Espantos se yerguen, patinan sobre el asfalto borrando lo escrito e hincan sus dientes en el cuello de cada fantasmita... Los Espantos escriben largos informes en las noches, cabeceando azorados, pero sin llegar a dormirse.

Mis labios sellados. Puedo saber de palabras ordenadas en mi cerebro:

"Debería ayudar a ese murciélago a encontrar un sitio. Revolotea perdido. Puede enredarse en la bandera de pirata que ondea sobre el techo al otro lado".

El encargado funerario se levanta en el momento en que llega un hombre pálido y demasiado rígido como par estar vivo.

El encargado le habla:

"Si señor, bien pueda. ¿Es para usted? Escoja el modelo".

El hombre se acerca a la vitrina donde se exponen los cajones en tamaño miniatura.

-Me gusta ese. ¿Cuánto vale?

"¿El de ribetes dorados y lienzo con ángeles bajo la cruz café"

-Si. Pero sin el lienzo.

"No se preocupe. El precio es lo de menos. ¿Le quito entonces el lienzo?"

-Si.

-"Bien pueda siga. Ya lo preparo".

-Gracias. Aún no me he embalsamado.

"Eso está incluído en la cuenta. Siéntese sobre la mesa".

El hombre se sienta como un palo -tieso- con quiebres en las rodillas y en la cintura. El encargado empieza a aplicar el formol iniciando por los dedos de los pies. El hombre se ayuda. Una vez embalsamado va al vestier. Al salir trae puesta su mortaja blanca con ribetes dorados y ángeles azules a la espalda. Entonces se acuesta; el encargado toma su billetera y la vacía, se la coloca luego en el pecho, le baja los párpados, cierra el ataúd, lo saca de la tienda deslizado hacia la esquina de la calle donde se pierde el cliente atendido y retorna a sentarse en el quicio de la puerta. Los chicos paran su juego y se persignan. Y el murciélago se enreda en la bandera negra con la calavera y los huesos cruzados. Abro las manos frente a mis ojos y separo dedo a dedo Y las cierro. Veo al ente Aparecido embobado ante la vidriera revisando uno a uno cada cajoncito muestra.

:

Mis pasos terminan en este cuarto con Ella lista, dispuesta, esperándome:

La tomo por los hombros. Me toma la cintura. Nos bebemos los labios.

Desnudos. Claridad de dos cuerpos en lo oscuro. El frío huye espantado por nuestros brazos y nuestras piernas.

Afuera, aquel ser aturdido del que he esperado todo el tiempo desde esta tarde una simple sonrisa, deja escapar por fin una aún más simple que la aguardaba, en el centro aproximado de un ruedo deshecho por todas las personas que lo formaron cuando estalló el recipiente y se acercaron por mi espalda a mirar dentro lo ocurrido y que se fueron luego a mirar por todos lados, a hacer otras cosas, a construir otros aros.

El ente Aparecido escucha la sonrisa y se aparta del mostrario de ataúdes para perderse en algún esguince de la noche y la acera.

Reclinado sobre la baranda de este camastro, la veo mirarse al espejo, sentada, desnuda aún, quieta: Toda Ella.

Empieza a peinarse; se viste.

Y antes de que se vaya, nos hemos acordado, de que esta noche sin decírnoslo, hemos hecho todo lo posible por hacer un hijo.

:

Ojeo la prensa. Por ningún lado aparece ninguna de las noticias que yo sé:

X, cromosoma acusado de asesinar a Y, se halla solo en una cárcel, muriendo entre arreboles rojizos y zapotes…

Los dos científicos hombrecillos, perdidos con mucha sed y tratando de orientarse…

La pareja X y Y está creciendo. Se les vé a veces pasar cogidos de las manos y mirarnos desde su mundo microscópico.

Mi Ella, en el parque, los mira batiendo un biberón con agua dulce entre las manos.

Jesús Rojas Oviedo,
Febrero de 1.984, Ibagué.

ENTE UNO EN OTRA VERSIÓN

:

En aquellos días la madre tenía a su hijo pequeño siempre
sobre su vientre. Iba por las mañanas al corral y recogía la
tinaja de leche recién ordeñada para prepararle el primer
biberón del día al pequeño y vertía el resto en el platón de
aluminio que el retoño había heredado de su abuela viva
-en el que, en las noches de luna llena, cuando las cuerdas
de la luz no habían llegado aún hasta acá para alumbrar
los aposentos y salones desde el techo, bajo las ramas en el
jardín de los poleos, viendo bailar la luna en el agua puesta en él con hojas de naranjo al sereno, la vieja trataba de
adivinar la noche y luna que habría cuando la carga vivos
viniera por su alma y el brillo de sus ojos disminuidos, sin
que su hija y su nieto se dieran cuenta; a la abuela le preo-
cupada darles aviso; porque según ella, la visita de la par-
tida le llegaría una noche de luna en menguante, que es el
mejor tiempo para todas las cosas buenas: la madera para
las casas y las barandas, la guadua para los galpones, las
cercas y las aguas, la palma real para los techos de los ran-
chos de los pobres y los kioscos de los ricos, la engendrada
de gente exitosa y, el corte de cabellera para que más rápido
crezca- para el baño de leche y rosas que le recomendaba

que le hiciera al niño desde el primer día, recalcando desde antes que él naciera, para conjurarlo contra malas influencias, darle fuerza en las corvas para que, nunca fuera flojo, amara a su prójimo con la misma limpieza con la que se ama a la madre y no fuera tan bobo de participar en guerras ajenas o de comprar por cinco peleas de otros.

En aquellos días, decía, la madre tenía a su hijo pequeño siempre sobre su vientre. En las noches oscuras, cuando las chuchas venían a tragarse las gallinas dormidas en el galpón de anjeo, lo depositaba en la cama con ternura y extremada delicadeza entre almohadas para que no se cayera si se daba la vuelta y armada con el revólver que le había dado a guardar un hermano mayor que era abogado, las bajaba a tiros de los árboles a donde habían trepado huyendo y éstas rebotaban contra el suelo como pelotas reventadas.

A la hora en que vienen a las mesas los almuerzos, servía en el comedor de atrás de la casa, junto a los cuartos de los peones, las domésticas y los aperos, dando a cada uno ración como para tres para que no se quejaran de no tener fuerza de sostenerse por la tarde en las labores. Hecho eso, se iba al comedor principal y le daba de comer a su hijo, lo colocaba de frente contra sí con la cabeza sobre uno de sus hombros y mientras el bebé eliminaba sus gases tomaba sus alimentos. Era la última en hacerlo y la primera en estar revoloteando de nuevo por todos los rincones mientras el hijo hacía la siesta entre sus brazos luego de cambiarlo y la abuela reposaba en su cuarto presidiendo el corredor iluminado y central desde su cama y con la puerta de dos hojas desplegadas en el límite de giro de las bisagras. La dormitada después de almuerzo es lo que da vida a los niños y a los ancianos, decía, pero a los adultos los mata.

A ella se le veía cada vez más delgada; pero alegaba que recuperaba a forma.

El hijo era Ente Uno, rozagante, gordo, consentido.

La abuela quería a su nieto. De los hijos de sus doce hijos, éste tenía algo especial: era de su hija predilecta y el padre siempre estaba de viaje sin parar en casa. Cuando Ente Uno se fue haciendo mayor, le enseñaba oraciones y a prenderse de las pepitas de su camándula en la penumbra de su cuarto para enseñarle la noción de la vergüenza, la paciencia y la humildad. Lo enviaba a la escuela, Y a la luz del día -nunca de noche para no acobardarlo-, al cometer falta, lo trincaba en el suelo entre sus piernas, lo espoloneaba con sus tobillos interiores, atrapaba sus manos entre una dc las suyas y lo azotaba con la fusta de cuatro puntas con el que había forjado hombres rectos.

La abuela murió años después, una mañana siguiente a la noche que Ente Uno, hecho casi un adulto, la había acompañado al médico, había subido cuatro pisos por escaleras empinadas dejándola apoyarse en su brazo sin que hubiera permitido que la cargara y al llegar de nuevo al primero tras la consulta, la había dejado en la parte delantera, en el puesto del pasajero de una camioneta que parecía tener los mismos años que ella, nacida el siglo pasado, deslumbrado por los reflejos de los cristales de sus gafas gruesas; ella despidiéndose al otro lado del vidrio arriba en la ventanilla; él de pie en la calzada bajo una luna cachona menguando.

La mañana de su muerte, Ente Uno no fue a verla, no acompañó a la madre en su llanto, y por primera vez en la vida, se tragó el revuelto hecho en sus tripas por el disgusto de que hubiera ocurrido en otra casa, en otra cama, donde una hija a donde nunca iba y, por primera vez, entró en la cama vacía que ocupara la abuela en vida, una mujer desnuda que quería consolarlo.

Para entonces Ente Uno tenía más hermanos. El padre llegaba de sus largos viajes -en otros brazos-, castigaba las faltas cometidas por sus hijos en su ausencia, arrasaba con los víveres, preñaba de nuevo a la madre, los cambiaba a una casa más pequeña cada vez, con menos luz y aire, siempre en pueblo distinto -hasta que no hubo más sirvientes, ni peones, ni estancias suficientes, ni platón de aluminio para los baños de leche y rosas de los niños, ni corrales, gallineros y chuchas. Emprendía correrías y por un año exacto no se volvía a saber de él.

Ente Uno se tornaba más pálido, flaco y nada consentido.

La madre era huesos forrados, barriga, deudas.

:

En este momento Ente Uno tiene veinte años. Va en un avión lleno de pasajeros e inmenso. Ha hecho un gran negocio; lo han puesto a volar por primera vez en su vida. Debe llevar un maletín rectangular negro y rígido -como el usado por los vendedores-, entregarlo al final del viaje a un desconocido que se le presentará y reclamar su colosal paga.

Pero yo sé que en tres minutos -acaba de despegar- ese maletín explotará, reventará la nave y, desperdigados caerán ella y todo lo que lleva adentro.

Jesús Rojas Oviedo,
Febrero 2 de 1.991, Bogotá.

“ 'Al muerto era que le tocaba', asiente el abuelo, 'porque a los que les toca, no les valen mis rezos'. ”

de MORDIDA

* * *

❝ Y ya no tengo mi brazo donde lo posaba ni el de Ella calentando mis riñones. Está hecha una bola de ira y se hincha el corazón de sangre dolorida y la razón de sinrazones por quererla. **❞**

de CAÍDA

* * *

❝ En la frontera de su nariz, una casucha de adobe. Entre el barro cocido, olores ácidos: Ellos, sudorosos, ojos brillantes, labios que se toman mutuos, anudados, la penumbra que huye con el rabo entre las piernas, saludados por el sol. **❞**

de LOS FRAGMENTOS DEL CASI TODO

* * *

❝ Cabizbaja, húmeda y tensa como un hilo de acero en una guitarra eléctrica, se marcha con un pichón entre las manos y el más silencioso de todos los muchachos a su lado. **❞**

de DE SU VOZ Y EN LOS SILENCIOS

* * *

  Esta noche Ese hombre sacudiéndose la mano y llevándosela al pelo para echarlo hacia atrás no había dicho nada. Nadie había dicho nada. Ni yo mismo. Y no había nadie más conmigo

de POEMA EN PROSA PARA UN PROFESOR
DE GEOGRAFÍA

* * *

❝ El Ente vió cómo su mano asustada en cuerpo aterrado levantó la bandera blanca. **❞**

de LA GUERRA Y LA PAZ SON UN ARMA
Y UN TRAPO BLANCO

* * *

❝   El Ente UNO, descargó el lapicero sobre el cuaderno en el que había escrito esta historia. Sacudió su mano y empezó a leérmela en voz baja. **❞**

de LA ESPERA

* * *

❝ X, cromosoma acusado de asesinar a Y, se halla solo en una cárcel, muriendo entre arreboles rojizos y zapotes… **❞**

de X O PRETEXTO PARA ENGENDRAR
UN HIJO

* * *

((Uno de esos seres se aparece tan parecido a mí, como aparecido en mis dormidas de todas las veces en las que no me veo, en las que sé, que estoy allí, desaparecidamente aparecido… **))**

de LA LATA

* * *

❝ La madre era huesos forrados, barriga, deudas. ❞

de ENTE UNO EN OTRA VERSIÓN

* * *